長いお別れ
「カイゴの休日」

―熟年主婦の介護日記―

浅井 素子

ASAI Motoko

文芸社

はじめに

人生一〇〇年時代、後期高齢者の日常の記録である。老老介護の一端を同輩達にシェアしていただきたい、つまりグチを聞いてもらいたいということである。また子供世代には人生最晩年の現実を、親世代の日常のつぶやきを、介護の経過と心情を、聞いてもらいたいという密かな願いもある。

人生最晩年の「カイゴ」と言えば「認知症介護」となる人が多いのではないか。認知症は英語で「dementia」、米語で「long goodbye ロンググッドバイ、長いお別れ」とも言うという。長い経過を経てこの世と家族にさようならをする。ゆっくりと別れゆくその経過は一様ではない。認知症介護を終えた人の中には「介護のこの経験と時間こそ、親密な人生の休日であった」と言う人もいるし、また退職後「人生の休日の日々のはずが介護の仕事に明け暮れ、休日どころではない」と思う人もいるであろう。認知症はこの超高齢社会では皆が罹る可能性があるし、また皆が介護者になる可能性がある。この「認知症＝長いお別れ」と「休日」はいかなる関係があるのか、ないのか、折々にしたためた日記と文章教室への原稿をまとめて考えてみたい。我が家族の一員、愛猫アミにも登場してもらおう。

「カイゴの休日」という題になるという心積もりは四年前からあった。二〇〇三年刊『タコマの休日』、二〇一七年刊『ニホンの休日』、と著してきたから二〇二〇年以降最晩年の文集は「カイゴ」という三文字になるにちがいないと思ってきた。カイゴはもちろん「介護」なのであるが「タコマ」や「ニホン」と同じように介護の日常もちょっとワクワク楽しい捉え方をしたいと、「カイゴ」というカタカナの表現に決めていた。現実は前二作の休日とは真逆の時間であるが、文集の題は心に決めてしまっていたし、「休日シリーズ三部作」でという意図を優先してこの本の題を決めた。私の結婚人生五十余年の最後の文集である。前二作と同じように「やさしい文章教室」への提出原稿のうち介護に関する原稿をまとめたものである。重複する内容もあるかもしれないが、その時々の脳裏に浮かぶ言語の表出の結果だとしてご容赦願いたい。

目次

Ⅰ　カイゴの休日

1　突然の休日

「カイゴの休日」は寂しい。「タコマの休日」も「ニホンの休日」も楽しかった。平日には会わない人々と集う日々だった。「カイゴの休日」は一人ボッチ、猫一匹と庭のスズメ、アリンコのみが我が家に住まう日々である。

その休日は突然やってきた。二〇二〇年の冬である。暮も押し迫る十二月三十日からタダシはショートステイ「ムサシの郷」に「ロング・ショート」という形で滞在することになったのである。つまり「在宅介護」ではなくなり、「施設介護」となったわけである。カイゴがなくなった、妻のモトコは介護休業、日々が休日となった。「あ〜、ラク〜」続いて「あ〜、サミシ〜」。口から溢れるのはこの二句だけ、この休日は休日ながら「寂しい休日」なのである。

タダシは秋頃からデイケアに行くも、寝ていたり不穏になったり、時に悪態をついたり、送迎車から降りるのを拒んだり、帰宅しても我が家という意識がなかったり、私が誰かよくわからなかったりしていた。十一月に風邪をひいて寝ることがあり、私の力で起こすことが難しくなったので、介護ベッドを入れてもらった。電動で起こすことができる。またケアマネさんの提案で十二月はショートステイを月に二回組み入れた介護プランが立てられた。足元が少しずつおぼつかなくなってきて、ショートステイ中にベッドよりこけて、少し怪我をするハプニングもあった。十二月に入って階段途中で立ち往生をし、時間をかけてなんとか階下に導くことができたが、この機をもって寝室を二階から一階の（旧）老人部屋にうつした。ベッドとセンサーマット、玄関までの歩行に歩行用サイドレールを「エコール」でレンタルした。十二月十九日ナフコで手すり付きダイニング椅子二脚を買い、台所と玄関待ちの椅子を変え整えた。座る姿勢の安定が悪くなり、横に倒れそうな時があったからである。また私の寝室も移動した。タダシの部屋の様子に気づけるように、一階の六畳和室の座敷にマットを敷き、小さなタンスを据え付けて身の回りの品々を収め、照明スタンドを置いた。ある夜には、台所の床に倒れ込んで座る姿勢に戻れなくて、お隣の奥さんに助けを求めたこともある。彼女は旦那さんの介護で技を持っておられ、手慣れた様子で起こして下さった。タダシの在宅介護にもハプニングが増えてきた。そして、十二月二十七日、階下の老人部屋に置いたベッドに寝かせようとした時、タダシは頭と足を反対方向に置いてしまった。一旦寝転がってしまったら、起こせない。そのままの姿勢で掛け布団を反対方向にかけ直して寝かせるしかなかった。この頃は薬（クエチアピン）のせいか、眠気が強くてタダシはなにかと横になりたがり、横になると起き上がることは拒むという状況だった。そのまま寝かせるしかなかった。

明くる日二十八日、ベッドの起き上がり機能は足元の方で作動する。彼の頭の方を持ち上げることはかなわない。お隣の奥さんに助けを借りたが起きあげることはできなかったので、仕方なく、ケアマネさんに電話した。八時頃だった。デイケアにも電話して、遅れることを伝えた。ケアマネさんはすぐに来てくださった。ベッドの上に上がって力いっぱい頭を上げ、ベッドに座る姿勢にし、ポータブルトイレを引き寄せてそこに座らせ、リハパンを替えたり寝巻きを脱がせたり、声かけはもちろんするが、力も大いに使ってどんどん進めてくださった。私も布団を引き寄せ支えを作ったり、ポータブルトイレの移動を手伝ったり、下着を替えたり、力も声も精いっぱい使って手伝った。女二人でなんとか台所の椅子に導いたのである。タダシはベッドの寝た姿勢から無理やりに起こされて、「痛いっ、バカー」と非常に抵抗し、怒って大声を出したり手も振り上げたりと、滅多にない反応をした。私も動転し、ケアマネさんの助けに感謝しながら恐縮し、玄関で送り出しながら、「（控えていた）老健への申し込みをして下さい」と言っていた。秋に

「老健アスト」を見学し、申込書をもらっていたが、四十人待ちという状態で、出すのは控えていたのだ。その頃、「近所の在宅介護の人が老健アストに入所をされた」という話を聞いていたので、やはり申し込みだけはしておかねば、という思いがあってのことだった。十時にデイケアのお迎えを受け、なんとかその日のデイケアに送り出すことができ、ほっとした。

その日の昼頃、ケアマネさんから電話があった。「『ムサシの郷』に空きが一つあります。入院した人が少なくとも一月四日までは退院できないのでショートステイで受け入れてもらえるそうです。どうしますか？」というものであった。「ムサシの郷」はクミ先生のご推薦の介護施設で、前の年に私自身で見学に行き、場所も知っている、中規模の市中にある施設である。元々のケアプランでは、一月一日だけが在宅、他はムサシのデイケアと月二回の「（ちょっと郊外にある）日南ショートステイ」が組まれていた。暮れも正月明けも、いかなる天候でも、仕度を調えてデイケアやショートステイに送り出すことが私一人でできるだろうか、と危惧していたところだった。「ムサシの郷」なら近い、クミ先生のお父様も入っておられた所だ、と私の心の危惧を解消してくれる提案であった。この時一番重要なことは、このコロナ禍において、「ご本人も介護者も県外からの人に会ったら二週間は介護施設『ムサシの郷』には入館入居できない」ということだった。

一月一日には息子と娘が帰省の予定であった。息子は年に二回の帰省である。会って話したい。娘にも会いたい。しかもこの暮れの案件は逼迫している。介護施設の職員もケアマネさんも病院も年末年始の休暇期間に入ってしまう。とにかく今朝の混乱危惧を払拭してくれる提案であった。私はお願いします、と即答していた。夕方ケアマネさんから電話があって、明くる日二十九日午後二時にケアマネさんと「ムサシの郷」の職員さんが来宅し説明・契約をするという話まで進んだ。デイケアに行ったタダシが夕方帰るまでには、いつものように洗濯や部屋の清掃、布団干し、夕食の仕度など毎日の仕事であっという間に時間は過ぎた。タダシは夕方無事にデイケアから帰ってきた。報告によると一日中眠気があったそうだ。夜ベッドに寝かせる時、頭と足が反対方向にならないように、細心の注意を払って導き寝かせた。

二十九日午後二時、ケアマネNさんと「ムサシの郷」の介護支援相談員Hさんが来られた。タダシのベッドルームを見せ、昨日の混乱の現場を見せ現況を説明した。Hさんが「ムサシの郷」の施設案内をされ了承すると、ケアマネさんは帰られた。Hさんは五十代位の辣腕の女性相談員という感じで、所長代理という形で来られたということだった。何日からか、については、このコロナ禍の故、今年中か、正月に帰省家族に会えば一月十二日以降ということになる。今確実に空きがあるのは一月四日までであるから、今年中に入所しておかなければならない。私は翌日十二月三十日入所の契約書にサインをした。「今までショートステイを経験されているから準備は簡単でしょう。お薬と保険証、介護保険証をお忘れなく」と言ってH相談員は帰っていかれた。寒波の押し寄せる暮れだった。私はタダシが帰宅するまでに急いでショートステイの準備をした。

三十日は小雪の散らつく寒い日だった。タダシを無事にベッドから起こし、朝食を食べさせ、介助をして無事用便を済ませたら十時近くになっていた。タダシには前の日から、「こんどはクミ先生の家の近くのショートステイのホテルに行くのよ」と言っておいた。「クミ先生、ショートのホテル」などの彼が理解する言葉を使ってショートステイの予告はしたつもりだ。トイレから出て、暖かいダウンコートを着せ帽子を被せて玄関に立つとほぼ同時にHさんが玄関に現れた。元気な明るい声で導かれ玄関を出ると、冷たい風がビューと吹きつけた。タダシは一瞬しかめ面をして怯んだがHさんと私に導かれて車に乗った。この時のしかめ面が彼と我が家の別れ、一番哀しい場面だった。忘れがたい瞬間である。明くる日に娘が帰省する。娘と息子と過ごす正月の準備に心を持ってゆき哀しい気持ちをそらせた。「私は夫でなく子供をとったのだ」という思いが私の心への言い訳だった（この日のことを思い出して書くのはとても辛い。が、どういう経緯で介護施設に入ったか、後々の自分の記憶のために書いている。何という業なのだろうか。辛いその日の思い出はこのあたりで書くのをやめておこう）。

二〇二〇年十二月三十一日午前中に娘から連絡が入った。昼過ぎには我が家に着く、昼ご飯をお願いします、ということだった。ああー、嬉しい。昼食と夕食の準備をせねば。息子からも連絡が入った。三時過ぎに到着するという。昼からは頼んでおいたお節を取りに行かなければならない。昼食に何を食べたか、夕食に何を用意したか、記憶が定かでない。一番簡単な豚チリでも用意したのではないか……ともかくいつもの大晦日の一日で忙しかった。

三人で夕食を食べた。そうだ、息子は明くる日の朝食後には帰ると言っていたので、この大晦日の夕食にお節を食べたのだ。ワインも飲んだかもしれない。三人で正月を一日早くしたのだ。話もたくさんした。オトウさんのことも、これまでの経過もこれからのこともどうしたらよいか、アドバイスを求めた。息子は心理学系でガン患者対応医療グループの一隅にいるのだし、自分の父親の認知症及び終末期介護や医療について、当然何らかのアドバイスをすべきである（今まで医療機関の紹介とか薬の選択についてのアドバイスはあった。しかし介護者である私への慰めや同情、労りの言葉をかけてもらったことはない）。彼と娘の助言は次のようである。

「（オカアさんが）できる、できない、の問題ではない。悪くなる想定で考えないと、寝たきりになる。身体を動かす脳の機能が悪くなると、感情のコントロールができなくなる。このペースでいくと、一ヶ月後三ヶ月後、当然状態は悪くなる。ちょっと先のことを考えないといけない。この病気は悪くなるのは確実、スピードはわからない。最悪を想定したうえで、介護者の今の感情だけでなく、将来を考えたうえで、ケアマネさんにケアプランを考えてもらう。ケアマネさんに自分の意向を伝える。『できるだけ家でみたい』という。『しかしこれ以上の負担は一人では大変だと思う』とも言う。それを踏まえてプランを立ててもらう。そのプランでできると思ったらやる。できるプランが出てくるはずだ。自分の感情がふらふら変わると伝える。正直一番（娘の言）で答える。ケアマネは介護のプランを立てるのは仕事。そのプランについてオカアさんが考える。子供に相談してもよい。オカアさんは相手の言ったことですぐ決める癖があり、それで後で後悔することが多い。相手の言うことをすぐきかない。子供に相談すると言う。二、三ヶ月後を思え（三ヶ月前を考えてみればわかりやすい）。五日に『ムサシの郷』が終わり、もし他のショートステイ先に変えられたとしても、そこを止めたかったら止めてもよい。今はショートステイを続ける流れにあるのではないか」と言うのが彼らの助言であった。私が「オトウさんをだましてムサシの郷に入れたのではないかと心が辛い」と言うと、「理解できないのだから騙しているわけではない」と娘に言われた。

今まであまり喋らない息子がよく喋ったと娘は感心していたが、私には当たり前、もっと母親の心をほぐして聞き出し、さらに慰めの言葉でも癒すべきだ。正月一日朝食を済ますと、息子は帰っていった。いつもながら超短期帰省である。翌二日昼から娘も帰った。娘は次のようにアドバイスした。「冬の間一、二月はショートステイを利用したらどうか。できるなら『ムサシの郷』を希望するとケアマネさんに言うこと。その後暖かくなったらなるべく家で看たいが、今以上のケアプランの提案をケアマネにお願いすること。そのプランについては相談にのる」と言って帰っていった。

年が明け二〇二一年一月三日、「ムサシの郷」から電話があり、そこでのショートステイは十一日まで延長可能と言われた。追加の常備薬を持って四日に「ムサシの郷」に出かけた。面会という設定で、コロナ禍のもと、面会室で、手の消毒、マスクとフェイスシールド着用、ビニールの衝立越し、十五分、という設定で行われた。タダシは車椅子に乗せられ現れたが、自分がどういう状況にいるかわからず、私が誰かもよく認識できていないようだった。目の前には、耳に聞き覚えのある親しい人がいる、くらいは感じていたであろう。そこでの生活は、昼間は広間のソファーでウトウトし、手のかかる行動はない、夕方から少し行動的になる、とのことであった。ショートステイ入所後初めて彼に会ったわけだが、家にいた時と同程度の認識で変わりはないが、何だかとても眠そうだった。十二月のデイケアの報告でもしばしば寝ていたということがあったので薬の作用なのかもしれない。六日、K医療センター診療日で相談し、寝る前の薬レスリンを一錠に、便秘気味とのことなので、酸化マグネシュウムを加えて処方してもらい、すぐに持って行った。タダシは相変わらずおとなしくて私と別れても何の問題もなかった。いいようなわるいような気持ちだった。

その週は木曜日からは大雪だった。三日半の間、水道は一ヶ所だけは少し出たが、温水器は止まったままだった。蛇口から出る水がこれほど冷たいことはこの四、五年ないことだ。雪が道路に降り積もり、チェーン車でものろのろ運転、我が家の私道は三日間溶けなかった。もしタダシが家に居たら、デイケアも休みであったであろう。家の中でも、温度計は一度を示していた。タダシが暖かい施設に居られることに本当にほっとした。雪が溶けてから、その週は二回面会に行った。

一月十五日に「ムサシの郷」から電話で、「ショートステイを継続可能である」と知らせてきた。ほっとした。「ムサシの郷」の継続ができない場合、今まで通り「日南」のショートステイを月二回利用しても、その間この寒さの中でデイケアを利用することはかなり難しかったであろう。家で看るためには、夜や朝のハプニングに備えなければならないが、突然の人手要請に臨機応変に応じてもらうことは今入っている介護保険では難しい。介護事業所を変えて、介護プランを新たに練り直すしかないことが後ほどの情報収集でわかった。今この状態はそれまでの色々なご縁と信頼関係で成り立たせているもので、あと少しのハプニング対応を考えるだけだが、この地方市町では民間の介護事業所が少ない。五月に「Dライフケア」なる清掃業系の民間事業所に頼んだ経験があるが、満足のいくものではなかった。この介護時代、この地方では、まだまだ制度は整っていない。寒い二月は今の場所でロング・ショートステイが確定して安心した。

ケアマネさんは「介護施設に入ったら保険点数はそこで全て使われるので、介護ベッドなど全てのリースは戻すことになりますから」と言われた。えっ、タダシはもう家に帰らないということなのか？　とショックを受けた。この寒い季節が過ぎたなら、また在宅デイケアとショートステイの元のような介護生活もあるかもしれないのに。動揺してベッドの引き取りを渋ったところ、リース会社エコールの好意でそのまま置いておけることになった。私としてはまた在宅介護をする選択肢が残されているという如実な証となった。

こうして寂しい「カイゴの休日」は始まったのである。いつまで続くのか、あるいは「休日」ではなく「平日」となるのか、わからない。

2 続く休日

突然始まった「カイゴの休日」のその後を記しておきたい。

今年は積雪する日が多かった。ここ二、三年は暖冬で雪が積もるなどということはなかった。エアコンの暖房と電気ストーブで過ごした。今年はそれらに加えて灯油ストーブを出して使ったくらいだ。二月十七、十八日も積雪した。十九日にケアマネさんの来訪があった。一月分の介護費用の請求と三月のケアプランの作成である。一月介護費は初めて丸一ヶ月分の施設費用である。三十日間分は介護保険の適用範囲となるが、のこり一日分は自費となるという。要介護3のタダシの出費は一七万二六五二円であった。かなりの高額である。今までは五万円位だったような気がする。家計は益々赤字となる。家で私一人の食費などはたかがしれているが、電気、水道、通信費や暖房代などはさして変わるものではない。被服費などはここ数年ゼロである。文化教養費を少し抑えることができるか。コロナ禍のもと女子会も取り止めや延期で、交際費がかなり減少した。図書館を利用して本代をうかせよう、などと思った。

ケアマネさんの来訪は積雪がなんとか溶けた二月十九日だったが、三月のケアも今のロング・ショートステイを続けることになった。一月、二月のこの日まで「ムサシの郷」には四、五日に一度は面会に行った。一月末には車椅子ではなく、介護職員のヘルプでよたよたと歩いて現れた。ケアマネさんの言では「これからは車椅子対応の生活」と言われていたのが頭に残っていたし、まだまだ寒さが和らぐ気配を想像できなかったこともある。何より私の身体的、精神的安楽を経験した身は「三月もうひと月このままの状態」を願ったのである。面会に行き見る限り、タダシはそこに馴染んでいるようで、私と離れがたいというような気配は全く見せなかった。私は拍子抜けするような、寂しいような、複雑な気持ちだった。二月一日に元のケアマネKさんから頂いたメールを度々思い出した。彼女には年賀状の返信がてら「タダシと私の現況」を知らせていたのだ。彼女の返信メールいわく、

「ある時期、毎日の生活場面が変わる、つまり朝夕出かけたり帰ったり、昼間は別の顔ぶれでお世話され、帰宅後はモトコさんのお世話に、昼間過ごす場所環境と自分の部屋や夜過ごす場所環境が違う、などなど。それよりもロングショートで同じ場所で同じ顔ぶれ、周りの景色も変化ないことで落ち着いて、比較的穏やかになることは私の過去のケースでもあります」

という記述を何度も思い出した。タダシは「ムサシの郷」一ヶ所でプロのケアを受けてある意味安楽なのかもしれないとも思えた。二月二十五日「ムサシの郷」の辣腕のH相談員は「退所したら大変ですよ」とも言われた。このコロナ禍のもと、いったん退所すると新たに入所することが難しい、という意味とも、介護が大変ですよ、という意味とも取れる言葉だった。

二月二十八日に「ムサシの郷」の施設長からは「施設サービス計画書」が示され印鑑を押した。週間サービス計画表が付けられていた。月曜日と木曜日の午後に入浴があるようだ。この時間には面会を入れないようにしよう、とメリハリの付いた面会計画が私の頭にうかんだ。在宅介護のイメージは薄くなった。タダシのロング・ショートステイは三月も続くことになった。

三月に入ると穏やかな春の日が続いた。面会に行くと介護士さんに手を携えてもらって歩いて現れるようになった。足元もかなりしっかりしてきた。介護士さんに少し様子を聞く機会もあった。「音楽に反応がよい」ということだったので、部屋で聴くためにクミ先生のヴォイトレのテープ（カロミオベンやサンタルチア）と懐かしの童謡集を持って行った。以前はデイケアでもジグソーパズルをしていたから、家にあった30ピースの新しいパズルを持って行き施設に寄贈させてもらったが、パズルには全く興味を示さないそうだ。目がかなり悪いのかもしれない。

三ヶ月に一回は担当医に面接をしないと薬は出してもらえないというので、三月十七日のF医院受診には彼を連れ出すことにした。F医院の駐車場から診察室まで歩けるか心もとないので、医院に電話して車椅子を用意してもらうようお願いした。その日は穏やかな暖かい日で、「ムサシの郷」から初めて館外に出たのだが、私の車まで手を添えればゆっくりと確実に歩き、助手席にうまく座ることができた。私は非常に安堵した。車を走らせると、彼から「スーと行くね、早いね」などという言葉も出た。快適な様子だった。F医院の駐車場から医院内、診察室へと、車椅子などは必要なくスムーズに動くことができた。全く予想外の快挙で嬉しくなった。受診後、私は少しドライブをしてから帰館してもよいとふんで阿知須まで行こうとしたが、考え直して、近くの常盤公園の西口駐車場に車をつけた。園の入り口の直近に駐車場があるのである。穏やかな春の日の外を少し歩かせたかった。今までよくしたように常盤公園ウォーキングを再び！　と心がはずんだ。がしかし、いつものように入り口を入って池の方に行くには坂を下ることになる。帰りに坂を上ることができず、もしもへたり込んではどうしようもなくなる、と思い、入り口のすぐ横の椿の林に導いた。木々はまだ低く林は明るく足元もよい。色々な椿の花が見頃だった。落ち花を拾い少し歩きまわった。タダシも問題なくゆっくりと歩くことができた。私は今日の

「外出」に大満足した。ちなみに、「ムサシの郷」から「外出」できるのは、通院とか外泊とかの日だけのようだ。私が「ドライブ」で外出を申し出ても許可されないと言われた（コロナ禍の今、なんだかわからない制限があるらしい。ある時「当館でも隣の岬公園に散歩に連れていくこともあります……」と言われたこともあるのだが、先頃確かめたところ「コロナ禍の今は、ありえません」とニべもなく断られた。コロナ禍では色々なことが制限されるなぁ、と嘆かわしく思う）。九時過ぎに出て、十一時半に帰館した。この日の外出は大成功だった、と私は大満足した。

二月と三月の「ムサシの郷」の面会の折にはパーキングをぐるりと歩いてウォーキングさせた。太陽の光を浴びることは心身のために大事なことではないか。「面会」タイムを使ってタダシの施設介護をより豊かにするアイディアは色々思いついたし、実行した。お正月に息子達が提案したケアマネさんにケア計画の再考や熟考を求めるというアドバイスは無視したことになった。それは私がまだ新しいケアマネさんに慣れていないというか心を開いていないというか、期待していないというか……そんな人間関係もある。

三月三十一日、K医療センター受診で再び「外出」した。この病院は郊外にあってちょっとしたドライブになる。駐車場から診察室の距離もかなりあるが、この日も春の穏やかな絶好の日和だった。久しぶりにタダシの状態を先生に診てもらうことができた。手を携えてあげればまあ歩けたし、待ち時間は三十分以上あったが、何事もなく待てた。二時間半の外出だったが無事に終え帰館した。

四月のケアプランの件でKケアマネの来宅があったのは三月二十二日、彼岸の墓まいり（我が家と実家）を済ませた日だった。三月の半ばを過ぎ季節の移ろいを感じるとともに、家の中を片付ける主婦の仕事感覚が起こってきた。トイレの敷物（タダシがそのまま進めるように敷いたもの）を洗濯した。が、元に戻さず以前のようにスリッパを置いた。タダシの汚れ物にすぐに対処できるように各所に置いていたタオルを片付けた。肘掛け椅子を納戸に仕舞った。そして、たくさん買い置いていたリハビリパンツの未使用大袋三つを「Tデイケアセンター」に持って行った。そこではそのタイプのリハパンを使用していることがわかっているので、施設で使ってもらえたらと思って寄付したのである。施設の顔見知りの方とちょっと話をしてこれまでお世話になったことに感謝を述べて、Tを辞した。ここTデイケアに迎えに来て、クミ先生のヴォイトレに連れて行ったこともあるな～、とか、送り迎えのおじさんがよく「大変ですね」と私を労る言葉をかけてくれたな〜、とか思い出すと、胸がいっぱいになった。ここへ来ることももうないのだろうか、在宅介護のために色々と考え工夫したこと、取り計らったことが過去のことになっていくのか、と思うと、非常に寂しかった。しかし、一月、二月、そして三月、と三ヶ月近くの施設での介護を経験すると、このラクな毎日が当たり前の日々ように思われてきたのも事実だ。四月のケアプランは引き続き「ムサシの郷ショートステイ」のプランが示された。Kケアマネさんは一月か二月の訪問時の段階で、「ショートから特養へ」と発言されていたから、タダシの施設介護の継続は当たり前のプランだったのだろう。私はその言葉には明確な返事をしたことはない。しかし、今までの流れにそってケアマネさんが作られた四月のプラン、つまりショートステイ継続のプラン、に捺印したのである。

四月十四日、月一回のF医院受診の日が来た。この日は受診のため大威張りで、外出できる。私はある画策をしていた。九時半に迎えに行き、十時半には受診は終わった。天気は穏やかでとても良い。タダシは以前にもまして車の乗り降りもスムーズである。私は「今日はセンセイの家にちょっと寄りますよ」と言って、我が家の玄関前に車をつけた。玄関の戸を広く開けると、車から降りてもらい、玄関内の手すりに導いた。靴ははいたままに手すりを伝ってリビングルームのいつもの椅子に座ってもらった。玄関の二段の段差はなんの問題もなかった。靴を脱がせくつろいでもらう。猫のアミとも違和感はなかったし、ここは何処かという質問もないし、懐かしげなという風情もなかった。穏やかに私に言われるがまま、なされるがまま、という感じである。私ひとりが「タダシの居る以前のようなリビングの情景」を再現して満足したということなのである。ともかく、車椅子でなく歩いて玄関からリビングルームまで来られるということがわかった。一時帰宅や在宅介護の可能性もゼロではないと確信した。十一時半に「ムサシの郷」に帰館、彼は何の躊躇もなく介護士さんに導かれて昼食のために去っていった。彼はここを居場所と思っているのか……。

タダシのロング・ショートステイが去年の暮れに急に受け入れられたことで始まった我々夫婦の別居生活だが、しばしば不思議に思うことがある。「ムサシの郷」その他でも、特養待ちショートステイのリストは「三十人、四十人待ちである」と言われていたのに、こんなに急に受け入れられたのは何故？　ということである。私が去年の暮れの急な事態の折、ケアマネさんに「老健申し込みをしておいて下さい」と叫んだが、それは三十人、四十人待ちのリストにともかく載せておかねばという気持ちだった。それが「待ち」もなく急に受け入れられたのである。

「タイミングです」と誰かから言われたが……。もう一つ考えられるのが、前年に隣家との境界線案件の解決のために、彼は「被成年後見人」に、私が彼の「成年後見人」になったこと、つまり彼の施設入所承諾権は法的にも後見人の私にあるということが、施設側の安心あるいは事務的整合性に合っていたからなのだろうか……。わからない。

今コロナ禍でなかったら、「ムサシの郷」の彼の部屋で二人の時間をゆっくり過ごせるのに、とこのパンデミックの世が恨めしい。彼の部屋に毎日行って、歌を歌ったり、新しく買った20ピースのジグソーパズルをしたり、陽水のCDを聴いたり、隣の公園に散歩に行ったりできるのに……。そうだ、ものは言いよう、考えようである。「ムサシの郷」は一七万で借りた「ワンルームマンション」ということにしよう。介護付きという特典もついているのだ。モトコが本宅を守り、タダシは別荘のワンルームマンションでゆっくり暮らしているのだ。ワクチンでコロナ禍さえ収束したら、本当にそんなふうに優雅な後期高齢者の生活ができるのだとノーテンキな思いにひたった。

Ⅱ　在宅介護の日々

1　猫・アミの語り

吾輩は猫、アミちゃん、です。

生まれは町外れのお山の中、ノラ子母さんのもとに三匹の姉妹と共に生まれました。お山の持ち主は心のひろーい方で、他にも四、五匹の仲間がそのお山をねぐらにして餌も頂いていました。ひ弱い下の妹は直ぐに亡くなり、器量の悪い姉さんはお山に残り、ワタシはここオカアさんとオトウさんのところに貰われてきました。母さんのお乳があまり出なくなった頃、牛乳や柔らかい缶詰が食べられるようになって、お山の持ち主からトイレの仕方をしっかり学んでから、ワタシはこの家に来たのでした。アミちゃんと呼ばれるようになって七年の歳月が経ちます。

七年前の春のことです。ここのオトウさん、オカアさんは、子供も独立して遠くに住み、孫もいなくて話題もなく、老いの無聊をかこっていたのです。オカアさんの「寂しいのよ～」の訴えに娘さんが犬を飼うことを勧めました。「犬はなにがなくても毎日散歩、俺はしらん」とオトウさんが言うので、猫なら、と、オカアさんはお山の持ち主に「捨て猫はいな～い？」と問い合わせていたのでした。オトウさんもオカアさんもここ数十年ペットを飼ったことはありません。ワタシはそんな枯れ果てた夫婦のもとにやって来た「いのち」、いわばこの老夫婦の介護猫、とわきまえて日々を送っています。

オトウさんは餌係です。今はドライフードしか食べません。オトウさんが三週間に一度スーパーから買ってきてお皿に入れればいいだけ。でもワタシはそれだけでオーケーしないの。お皿がからの時はオトウさんを呼びにいってスリスリする、そして食べる間は見ていても、らいます。お皿に餌が残っていても、日に数度はオトウさんを呼びに行きます。そしてお皿の所に誘って食べる間うしろで見させます。時々振り向いて見ているかチェックもします。

「アミは俺が見ていないと餌食べないからな〜」って、オトウさんとても嬉しそうで

タダシとアミ

す。これ、もと捨て猫の気遣い、いや、介護猫のお仕事と思っているのです。

オカアさんはこの家のボス、ワタシをこの家に貰ってくれた人、名付け親です。名前はフランス語「アミ＝友達」から付きました。オカアさんは日に何度かワタシを抱いて、「アミちゃーん、ママを慰めて」と言いますので、ちっちゃく「ニャン」と鳴いてあげます。明け方には必ずお布団の足下に寝て足を暖めてあげます。時々「重い、どいて〜」って言われることもありますが、介護猫としてのお仕事です。

ある秋の日、寂寥たるこの家に、一時の興奮がありました。「ヴィラディスト・クラフト大賞」入選の報です。作品は猫つぐら、つまりワタシのペットハウスをオカアさんが手作りして出品したわけです。本来は藁で作る猫つぐらですが、オカアさんは籐と古布で作りました。おばあちゃんの銘仙古布のリサイクルのアイディアが当たったのか、つぐらに収まるワタシの写真がよかったのか、わかりませんが、入選の報にオカアさんと一緒にちょっと気分がよかったです。

それから勢いをえて、オカアさんはワタシのトイレのカバーも籐で編んでくれました。カバーの上端に枯れ草のネコジャラシが編み込んであるので、そこにしゃがむと野原でトイレをしている気分になるしろもの、気に入っています。このオカアさん、退屈すると、おバカなアイディアが湧くらしい。一人一芸披露を求められた女子会で、ワタシの仮装をすることを思いつきました。ワタシの写真を自分の顔の大きさに引き伸ばし、お面を作り、針金でひげを付けました。帽子に耳を取り付け、レッグウォーマーと靴下を細工して猫足にしました。アニマル柄の洋服上下を着て、ファーの首巻きで作ったしっぽをお尻に付けました。四つん這いになって「ニャーオ、アミちゃんでーす」と鳴いて出ました。オカアさんの仮装芸、拍手喝采をうけたそうです。

ワタシの住まいは老夫婦の二階寝室と階下のリビング二部屋です。時々階段をダッシュして運動不足解消をはかっています。東西南北に開いた窓から外も観察できます。畑のカラスや庭の雀、野原の子供や道路の人や車、動くものを見るのが大好きです。夏は網戸越しに外気の匂いも嗅ぎます。オカアさんはワタシが迷子になるのを恐れて、決して家から出しません。時々長いリードを付けて庭の木に繋いでくれますが、そんなのおもしろくない。ワタシはしらっとして、片隅に固まっています。ワタシは家猫の分際に甘んじているのです。この老夫婦の介護猫を任じていますから、彼等を困らせないように気を使っています。でもたまにオカアさんやオトウさんが窓や戸を開けて用事をしている隙に、そっと外に出てみることがあります。外はどんな所だろうって、好奇心を抑えられなくなるの。でも彼等がパニックになって探すので、たいていブロックの塀の上に座って見つけやすいようにします。

家の中のかくれんぼではなかなか上手に隠れます。ワタシは好奇心が旺盛だから、ちょっと違う匂いのする所は探検したくてしょうがない。なかでもワタシが一番好きなのは母屋のお座敷探検。薄暗くて、古い柱や畳からほこりやカビの匂いがする、それからお線香の匂いもします。オカアさんやオトウさんが仏様にお参りに入る時などにそっとついていき、奥の廊下の隅に隠れます。彼等がお務めを済ませて出て行き襖を閉めてから、ワタシはそのお座敷や廊下や納戸を探検します。決して物音をたてません。「アミちゃーん、アミちゃーん」と呼ぶ声がしても決して鳴きません。戸を開けて探しにきても、おいそれとは見つからない所に潜みます。彼等が家中を探し、「アミちゃんがいなくなった！　ウワー！」と泣きそうになった後で、今一度お座敷を開けた時には、部屋の真ん中に座っていて見つかってあげます。

この家でゆったりと暮らせるのは有り難い。素敵な猫ハウスもある、トイレも心地よい、古い家を探検するのも楽しい。オトウさんの足をかじったり舐めたり、オカアさんの頭の毛を咬んだり引っ張ったり、彼等は好きにやらせてくれる。けれども、ワタシはなにか物足りない、お山で母さんと過ごした一ヶ月半のあの時が偲ばれるのです。

先日、いつものように窓から外を見ていました。すると背格好が同じくらいの動くもの、そう、母さんに似たもの、が窓のすぐ外のブロック塀の上にいるではありませんか！　ワタシは思わず大きな声で鳴きました。「ニャーオ、ニャアーオ、ニャアアーオ、ワタシ、ネコで～す！」ワタシはその時「アミちゃんで～す」ではありませんでした。「ワタシもあなたと同じ猫だよー！」と叫んだのでした。あまりに大きな声で鳴いたので、オトウさんが二階から飛んできて、外の猫を追い払ってしまいました。ワタシに避妊手術はしていますが、里心が生まれるのが怖かったのでしょう。真っ白いその猫はゆうゆうとした足取りで去って行きました。「どこかの飼い猫に違いない」というのがオトウさんの推測です。ワタシはひととき同族との邂逅に興奮して、階段を駆け上ったり駆け下りたりしました。

それからはもっと熱心に外を見ていますが、その後その猫の姿は見かけません。いつかほんとうの猫同士でじゃれ合いたいというのが、ワタシの夢です。

去年の春、オカアさんは私の気持ちを察したのか、またお山から子猫を連れてきました。でもそのチビ猫は図々しくもワタシの寝床で寝るばかりか、オカアさんの作ってくれた猫つぐらに入り込み、オトウさんの肩に這い上ってオトウさんの記憶力に混乱を起こします。「家に猫は一匹」が彼の記憶です。私達一匹二人の介護家庭の安定に邪魔だと思いました。ワタシはむくれて、オカアさんの部屋に引きこもり、一週間拒食してチビの同居に反対しました。オカアさんはそんなワタシを心配して、チビ猫をお山の持ち主に返しました。オトウさんとオカアさんがすっかり年老いて健忘が進み、入り口の鍵を閉め忘れたならば、そっと出て行くつもりです。でも今はアミちゃんとして、オトウさんとオカアさんの良き介護猫のお役目を果たすだけと思いさだめて、外を眺めているだけです。

オトウさんはワタシに餌をくれること、水道の蛇口で鳴くと、栓をちょっと緩めて水を出してくれることは、いまだ忘れることなくしてくれます。この平穏が続いてくれることを願っています。

自作の猫つぐら

2　介護猫アミの独白

介護猫であるワタシ・アミはこの家に来てはや十年になる。ということはワタシの猫年齢は十歳、人間の年齢にすると五十六歳になるという。中年を過ぎそろそろ還暦も近いということだ。ご主人夫婦はすっかり老人、後期高齢者の仲間にはいられています。この十年の歳月は老化の歳月、ワタシとご主人夫婦の今を猫の目線で少し語ってみましょうか。「吾輩は介護猫」の後編としてお聞き下さい。

三月のある日、ワタシとご主人夫婦はそろって家におりました。オトウさんのデイケアが休みの日のことです。ということは、我がご主人達もこの十年でしっかり歳をとり、オトウさん八十三歳、オカアさん七十六歳の夫婦となり、オトウさんは老人介護制度の支援を受ける生活となったのです。オトウさんは八年前に外出先から帰宅途中に迷子になり、それを契機に認知症と診断されました。方向感覚の異常や物忘れはあるものの、穏やかなオトウさんはワタシの世話やオカアさんとの日常生活にはなんら差し支えもなく過ごしていたのですが、心身の老化の波は防ぎようもなく、二年前から要介護3と認定されました。有能なケアマネージャーのK女史は介護保険を精一杯使うプランを作成、オトウさんは週に六日のデイケアに行くことになりました。九時過ぎから五時前まで、オトウさんはデイケアのお姉さんと話をしたり、体操やゲームに興じたり、時には公園やレジャー施設に遊びに連れていってもらったり、風呂も使わせてもらえる生活になったのです。その間オカアさんは買い物を楽しんだり、女子会に行ったり、体操教室や文芸教室に参加する、家の掃除を丁寧にする、など其々の老後生活を過ごす日々となっていました。そんなある日のことです。デイケアが休みの春のその日は、「二人と一匹」の昔のままの時間が流れていると思っていたのですが……。

朝からこれといってすることのない二人は居間で寛いでいる様子でしたが、午後になって、退屈していたのかもしれません。オトウさんが突然、寝そべっていたワタシを蹴り上げてきたのです。ワタシはびっくりしました。すぐに二階のオカアさんの部屋に逃げ込みました。続いて、階下では、「出て行け、ここはワシの家じゃ」とオカアさんに言う声も聞こえました。オカアさんも台所に逃げて行きました。オカアさんは怖くなって、台所の裏口から、外に出て行ったそうです。春の夕方、彼女は何がなんだかわからなくなって最近のオトウさんの言動を考えました。

「オトウさんは最近では、わたしのことを『先生』と呼ぶことがある。小さい頃よく面倒を見てくれた先生と私を間違えている。彼のマインドは過去の時代に戻っているのかもしれない。この病気にある症状なのか……私が妻であることがわからないようだ…」

一時間半ほど外にいたオカアさんは台所から家の中に戻り、いつものように夕食を並べました。オトウさんが好きな赤い色のトマトをのせた一皿を作りました。そして何くわぬ顔をして、「オトウさ〜ん、ご飯よ〜」と明るい声でオトウさんを呼びました。オトウさんはいつもと変わらない顔つきで台所に来て、二人は穏やかに夕食を食べていました。

次の日オトウさんがいつものようにデイケアに行くと、オカアさんは色々調べ子供やケアマネさんとも相談し、認知症の専門医に相談に行きました。病気が進んでいるようです。新しい薬が追加されました。四月にはまた突然不機嫌な顔になり険しい表情でオカアさんを睨むこともありました。その度にオカアさんは彼をほうっておき、自室に閉じこもったりするのですが、オトウさんの変な時間はすぐに消えてゆくのです。二人で仲良くソファーに座って見つめ合っていることもあります。オトウさんはオカアさんの顔をしげしげと眺め、「顔がいいね〜」と言ったり、「髪が黒いね〜、いっぱいあるね〜」と褒めたりしています。オトウさんは元々褒め上手で、夕食のおかずも「わー、まず目を楽しませて。美味しそうだね～」と言い、「これ美味しいよ、ありがとう」と言う人でした。最近はそんな言葉は聞かれませんが、一生懸命残さずきれいに食べようと頑張っています。ワタシはあれ以来蹴られたりしていませんが、餌が欲しい時や水道の蛇口を開けてもらいたい時は、オカアさんにすり寄って行くことにしています。オカアさんが、「アミちゃ～ん、慰めて～」とワタシを抱きよせる時には、なるべくされるままにしています。

長い初夏の夕暮れに、二人はよく音楽を聴いています。昔懐かしい唱歌や童謡はもちろんですが、オトウさんは五年前から始めた歌唱の練習を今も続けていて、イタリア語でカロミオベンやサンタルチア、女心の歌まで、歌えるので、オカアさんはよくパヴァロッティのイタリア民謡集のCDをかけています。

今のワタシができる介護猫としてのお役目は微々たるもの、我が家はオカアさんが大いなる介護者、オトウさんは粛々と介護を受ける者、という構図の家庭になっています。そんな毎日の我が家の報告をいたしました。

3　タダシの独白

我が輩はこの家の主、タダシである。

猫のアミと妻のモトコと共に築六十年になろうかというこの家に住んで半世紀が経つ。齢八十一を過ぎた。身体にさしたる不都合もなく、穏やかに日々暮らしている。

学生時代は神戸に住み、山岳部に属して北アルプスの岩山を登るのが趣味だった。背丈は低いが引き締まって運動神経はよい方だったから、岩山も先頭を軽々と登っていた。ある秋、冬山の始まる前、部員の一人が滑落して谷底に落ち亡くなった。冬を越し、雪の中から掘り出した遺体に対面した妹さんが「これは兄さんじゃない！」と叫んだことは、生涯忘れられない出来事、痛恨の極みだ。山の装備は重たいもの、少々の荷物運びはどうってこともない。今でも妻と買い物に行けば、荷物運びは我が務め、と心得て荷物は必ず我が輩が持つ。そもそもあの就職難の時代に職にありつけたのも、学部の旅行の折、学部長の荷物を背負ってあげたことがよかったのかもしれない。師の推薦を受けて、実家のあるこの地に職を得た。

今はもう仕事時代のことは忘れた、遠い昔のことだ。苦痛だったという記憶もない。この頃は妻の日常生活をなるべく助けようと思っている。言われることを精魂込めてしようと思う。掃除機をかけたり、草抜きをしたり、皿を拭いたり、洗濯物をたたんだり、求められることをする。妻の手助けと猫のアミちゃんの世話が仕事だと思っている。

山登りはもうしないが、歩くことは大好きだ。妻と連れ立って毎日朝の光の中を散歩する。半時間くらいか、今は時間を気にする生活ではないから、時間の認識も薄れた。妻の言うままに決まった道を歩くばかりだ。朝食を済ませ、用便を終えたら、歯磨き洗面、髭をそって一段落だ。

さて今日は何をするかな~、と思っていると、妻の軽やかな声がする。

「オトウさん、今日は、H庵に行く日よ。お迎えに来て下さるからね。ちょっと待っててね。新聞でも読んだら」

とテーブルに新聞をよこす。ど近眼な眼もこの歳になると老眼が進んで、メガネを外した方がよく見えたり、かけた方が楽だったり、わからないことがある。ともかく新聞に目をやるが、最近の記事はさっぱり理解できない。興味もわかない。

九時過ぎにH庵の人が迎えにくる。H庵とは「デイケアセンター」というものらしい。デイケアを受けると明確に自覚して始めたわけではない。妻が「体操をしたりゲームをしたり、美味しい昼ご飯が出てくる所があるから、行ってみたら」と言って送り出されたわけだ。息子位の男の人を中心に十人ばかりの老人が集まって過ごす民家に行くわけだ。たしかに昼飯は美味しいし、妻も用事があって出かけるから、一人家に居るより退屈しないであろう。男は少なく、女が圧倒的に多い。おしゃべりがうるさい。将棋をさしている爺さんもいるが、我が輩はもっぱらジグソーパズルをしている。時に近辺にドライブに行ったり、散歩をしたりする。たまにその民家の風呂にもはいる。

正直、こんな所に来なくてもいいのに、家で寝転がって本でも読んでいた方が楽でいいのだけれど、と思うこともある。が、朝、妻が当然のことのように送り出すのに逆らえず、ここに来てしまう。

「女の人は色々女子会があって、外でランチすることも多いけれど。ゴルフもしない男の人はランチ会もない。外でおしゃべりをしたり、食事をしたりは老化防止よ」

と妻が言うので、まあ、しかたなくここに来ているわけである。

妻と行く楽しい所はヴォイトレである。美しいクミ先生の家で、ピアノに合わせて歌を歌う。

イタリアの歌、カロミオベン、サンタルチア、オーソレミオ、女心の歌も歌っている。イタリア語で歌う。以前はイタリア語英語辞典で歌詞の意味を調べたこともあるが、今は諳んじている歌詞を精一杯大きい声で歌うだけである。先生が毎回褒めてくれる。「今日はすごくいい声が出ている。今までで一番いい声だ！」と毎回、大げさに褒めてくれるし、声を張り上げて歌を歌うのは気持ちがいい。なぜか歌詞は忘れないようだ。

この歳になると物忘れもする、動作もにぶく時間もかかる、眼も耳も悪くなる、と老化現象に心が塞がれる。妻にも申し訳ないと思うこともある。しかしながら、こうして緑豊かな庭のある我が家で過ごせることは有り難いなー、と思うことにしている。

2016年クミ先生のヴォイトレ発表会

4　魔の四時（2014年病気のはじまり）

立春を過ぎると夕暮れも格段に遅くなった。五時でもまだ明るい。しかし今私は午後の四時を「魔の四時」と呼んで家を離れないようにしている。夫を一人にしないようにしているのである。昨年末と今年初め、夫が四時頃に一人で外出した時に事件が起こったからだ。

十二月半ば、私達夫婦は朝から張り切って年賀状を書くことにした。前年は喪中ハガキを印刷したので、年賀状は二年ぶり、やはり嬉しい。私は自分と愛猫の写真入りを用意してある。夫はそれを使うわけにはいかない。彼は表も裏もみな自筆で書かなければならない。普段手紙を書くこともない隠退生活である。ハガキという限られたスペースに字配りよく書くのはなかなか大変な作業であった。午後四時過ぎに二人で六十枚の年賀状を書き終えた。

夫が「じゃあ、ついでにポストに出してきてあげるよ」と言うのでつっかけ履きの夫を玄関で見送った。ポストは表のバス通りの家から百メートル離れたところにある。これで年末の仕事が一つ片付いたとほっとした。

しかしそれもつかの間、四時半を過ぎても帰ってこないではないか……、彼は散歩が大好きだからついでに散歩にいったのだろうか？　と思いながらバス通りに出てみる。ポストの所まで行ってみる、家の周りを探す、が、いない。どこからか電話でもかけてくるのではないか、と家で待ってみる。しかし、十二月の夕暮れはつるべ落とし、五時を過ぎると暗くなる。私は時計と電話機と玄関の戸に全神経を集中して待っていたが、時はむなしく過ぎるばかりだった。

遠くに住む娘と息子に電話をする。彼等も移動中であったり面談中であったり、やっと相談できたころには七時になっていた。「年寄りが迷子になるのは今時よくあること、すぐに警察に相談しなさい」と言う息子に従って一一〇番電話をした。お巡りさんがすぐに対応して下さり、二時間後に夫は帰ってきた。

「あぁ、すみません、すみません、お世話になりました。ごめん、ごめん、心配をかけて」と恐縮の態である。家から五キロ位、いつも行く医院の近くの路上でパトカーに拾われたらしい。本人は、「山を歩いて下りた。道でタクシーを捕まえて帰ろうと歩いていたところ、パトカーに会った」と言う。若い頃は山岳部にいたので、いつの間にかタイムスリップしていたのか、あぁ、これは正常ではない！　と気がついた。彼は二年前に健康診断の「脳ドック」受診で軽度のアルツハイマーと診断されていたのだ。進行させないという薬を飲んでいる。日常生活にさしたる不都合もなく過ごしてきた。いつも外出する時にはケータイを持って出ることにしているのだが、今回はちょっとポストまでという気で家を出たので、ケータイを持っていなかったのである。主治医は疲れと間の悪いことが重なったのだね、と言う。その後は家を出る時には必ずGPS（位置情報）付きケータイを持って出るようにと私はいっそう気をつけた。

年が明けると私は女子会が色々あった。たいていはランチなので四時頃には帰宅していた。一月のその日、私もちょっと気が緩んでいたのだろう、一年ぶりに会うお友達と話が弾んで帰宅した時には五時を過ぎていた。一日連絡もせず遊び惚けていたのだ。玄関前で悪い予感がした。玄関を開けると、夫の靴がない、部屋にいない、庭にも畑にもいない。冷蔵庫の中のワインが今夕には少々足りない感じだ。彼はワインを買いに出たにちがいない。読みかけの本とケータイは部屋に置いてある。私はすぐに彼がいつも歩いて行くワインショップに行き、彼が四時頃買い物をしたことを確かめた。陽射しが傾く頃、一日じゅう本の世界に浸って過ごした後、そんな状況で外にウォーキングに出たことがわかった。十二月の状況と同じである。どこかで迷っている、あるいは山岳部の頃にタイムスリップしているに違いない。すっかり暗くなって、私はまた子供と相談し一一〇番して警察のお世話になった。今回はちょっと郊外の道を歩いているところを見つけてくださった。本人は「本に山のシーンが出てきて、山を歩いていると勘違いしたらしい」と言って恐縮していた。この時は夜中を過ぎ、明け方の四時だった。大変な「徘徊」である。私は三度あってはならない、と自分に言い聞かせた。夫は病気をもっているのだ、それを忘れてはいけない。ネコ一匹と老夫婦で穏やかな日常を過ごしているのだが、その足下を加齢と病魔は確実にすすんでいるのだ。

レーガン大統領もカミングアウトしたこの病は今日本中をおそっている。夫は七十七歳、日常生活には今のところ何も差し障りはない。同年代の男の人と比べれば家事能力は高いと思う。掃除、炊飯、皿洗い、洗濯物の取り入れ、ネコの世話、雨戸の開閉、戸締まりなど、色々私を助けてくれる。行き慣れた本屋と酒屋での買い物、一時間の散歩は今のところ問題はない。しかし、と私は能天気な自分に言い聞かせる、「魔の四時」には決して家をあけないこと、彼を一人にしないこと、散歩に出さないこと、彼の病気を忘れないこと。私はこの病気を侮ってはならないのだ。それでも私自身がそれに押しつぶされないように、いや、それをネタにこうして楽しまなくてはならないのである。あぁ、老夫婦、年を取るのは大変だ……。

5　オカアさんの独白

私はこの家の主婦、モトコである。

猫のアミと夫タダシと共にこの家に住んで五十年、齢七十四を過ぎた。アサイ家の嫁となって半世紀になる。六年前に姑をおくったから、いわゆる「嫁」として過ごしたのは四十四年ということになるが、結婚してすぐこの家に住み始めて今に至って半世紀とは、感慨深い。

学生時代東京で四年間寮生活をした以外、実家以外の他所に住んだことはない。狭い世界に暮らした女である。仕事と言えば、非常勤で英語教師を十六年勤めただけで、気分は「コシカケ就業」であった。主婦の仕事が好きで、この家にいることには何も苦痛に感じなかった。家族六人分の三度の食事を作り、子供や義母の普段着作りでミシンを踏んだし、義母に付き合って浴衣の手縫い針仕事もした。掃除は義父に手伝ってもらい、洗濯、買い物、家の管理、主婦の仕事はすべてこなした。楽しんだ。

さて今日もまた一日が始まる。五時過ぎには隣室のタダシが起きている気配がするが、六時過ぎまで無視して寝ている。猫のアミがやってきたら、しかたなく起きて雨戸を開ける。その音でタダシも起き出す。天気がよければタダシを連れて散歩に出かける。彼は足腰が丈夫で散歩が大好き、エネルギーを発散させておかないと、一人で出かけ迷子になる恐れがあるのだ。家から近くの天神様の周りを三十分歩く。早朝のいつものコースでは馴染みになった犬連れの何人かと挨拶をかわす。タダシとはあまり話もないが、ダブルワークが脳の活性化によいと聞くので、努めて声を出すようにしている。歌を歌ったり、前の晩のテレビの内容を話したり、草木の名前を教えたり、ほんとに良い介護者をつとめているなー、とモトコは自分で頭をなでなでする。実際は私自身もこの朝のウォーキングの爽やかな時間は大好きなのだが、保護者めいた気分はなぜかぬぐえないのだ。

九時過ぎにH庵の人が迎えにくる。八時半過ぎに、

「オトウさん、今日はH庵よ。お迎えに来られるからね。はい、この連絡帳を持っていってね」

と小さなバッグを渡す。お迎え時間は日によってちがう。九時だったり、九時半近くだったり。

「行きたくない」とか「行かない」とか言わせないように、タダシの待ち時間、如何に緊張なく且つ執着なく過ごさせるか、モトコの気になる時間帯である。

H庵とは、タダシが認知症と判明した頃近くにオープンした小さなデイケア・センターである。息子位の年齢の男性が民家を改造して十人くらいの高齢者を集めて始めた。昼ご飯は彼の手作りで美味しいこと、少人数でアットホームな感じがよかったので、ケアマネさんのお勧めもあって週に一度行ったらどうかと勧めた。タダシは本当に素直な人だ、モトコのいうことはたいてい聞く。ケアマネさんはアサイ家の祖父母も担当していた人で、偶然にもタダシのケアマネにも当たっている。彼女の勧めもあって、今では週に三回、九時過ぎから三時までタダシはデイケアを受けることになった。私はその間、タダシのことに気遣いなく、家の用事や自分の趣味に出かけることができる。

二人が共に楽しめるのは、ヴォイストレーニングである。カラオケの経験もない二人だが、プライベートに一人ずつレッスンしてもらえる。発声から入って、イタリア民謡やオペラのアリアなど、先生の口伝えとカタカナをふった楽譜で歌っている。タダシは姿勢もよく太い声が出て、なぜかカタカナ語の記憶力は衰えず、今はオペラ「女心の歌」を練習している。私は高い音が四度位上がった。今はレチタティーヴォを含むイタリア歌曲に挑んでいる。五日に一度行くヴォイトレは二人にとって最高の時間である。

私も七十歳を過ぎると一年毎に歳を感じるようになった。タダシの病気のケアはさりげなくするように心を遣い、毎日の衣食住を滞りなくこなし、人生の断捨離に取り組んでいると一年が瞬く間に過ぎる。やるべきことやりたいことを完遂できないのは歳のせいかと心塞ぐことも多い。体力、気力の衰えを感じる日々は年々増すような気がする。しかし、初夏の庭の緑の樹々を見ていると、自宅でゆっくりと自分のペースで主婦業に勤しむことができるのは、なんと幸せなことかと思うのである。

「ピンポーン」、あっ、オトウさんのお帰りだ。ワープロを閉じて玄関に迎えに行かなくてはならない。洗濯物を取り入れなくてはならない。妻の仕事、主婦の仕事は忙しい。

Ⅲ　認知症について

1　ケアマネさんと在宅ケア

Ｋケアマネさんに会ったのは、二〇〇二年十月である。結婚以来同居し家事一切、家計管理は全て我々夫婦でみていた二世帯同居の世帯にて、義父は九十二歳、前年の孫息子の結婚式に出席できたのを境に、認知力も弱り泌尿器科の病気も抱えて寝ていることも多くなった。八十五歳の義母が世話をしていたが、いわば老老介護の老夫婦では立ちゆかないことも多くなり、その二年前に発効された介護保険制度のお世話になることを決めたのだった。介護用品を買いに行った店で、介護保険を使うことを示唆されたのではないかと思う。馴染みの薬局に同窓生のＷさんがおられ相談に行ったのだが、その薬局がケアマネージングを掲げていたのである。Ｗさんは薬剤師で、そこのケアマネージャーＫさんを紹介してくださった。Ｋケアマネによると、初めて会った私はとても困惑して覚束ない相談者であったようである。紹介されたＫケアマネージャーは四十歳過ぎ、錚々たる好女性で、私の話を聞くと、義父母本人達に会い、在宅介護の申請をしてくださり、ケアプランをたて、介護施設に連絡して予約してくださった。的確で明快な言葉でケアを受ける本人、特に気難しい義母をも納得させるものであった。義父のために使わなくなった介護ベッドを義父母の部屋に据え付けても下さった。義父、義母共々、デイケアに週五日、義父のために朝と夜のオムツ替えに訪問介護を、また私達の旅行のために、ショートステイの手配もしてくださった。

こうしてアサイ家の在宅介護の四人の生活はK女史のさまざまな援助のお陰でスムーズにおくられた。二〇〇四年に義父を九十四歳で送り、その後義母を在宅で四年、病院で四年の治療と療養生活の後、二〇一二年、九十八歳で見送った。入院治療期間は在宅ケアマネージャーKさんとの関わりはなくなるのが介護保険の仕組みだという。よって一九九八年以降は在宅ケアマネさんとの接触はなかった。

というわけで、Kさんとの再接触は二〇一三年タダシの介護申請においてということになる。タダシが道に迷い捜索を要請する二回の事件があった時に、罹っていた家庭医T先生のお勧めがKケアマネージャーだった。

「大変優秀なケアマネージャーでこれ以上の方は滅多におられません。Kさんを紹介します」

とドクターに言われた。K女史とは街中で一、二回遭遇して短い会話を交わしたことはあったが、義母の在宅介護の時以来の再会である。「ああ、知っている、まだケアマネージャーをしておられるのだ、よかった！」という安堵感で、タダシの病気への憂いが少し軽くなった気持ちになった。

タダシのケアマネージャーとして我が家に来てくださったのは、二〇一四年の二月である。タダシが軽度のアルツハイマーと診断されたのは二〇一一年の終わりであったが、日々の生活には不都合もなく平穏にすごしてきた。二〇一三年の暮れから迷子事件を起こしたことなどを、私の乳癌の主治医の女性ドクターに話したところ、市の地域包括センターに是非相談に行きなさいと勧められたのが発端である。介護保険申請を勧められ、二〇一四年一月に介護保険の申請をし、要介護1との認定が出た。ホームドクターからKケアマネージャーを紹介されたのが、K女史との再会である。義母の在宅介護から六年たっていたことになる。来宅いただいた彼女は、相変わらずの颯爽とした言動と明快な言葉遣い、話し上手な上に聞き上手、私の不安や迷いを半減してくださった。「認知症であることは本人には言わなくてよい」とのこと、『ナナセ』という「三時間のリハビリデイサービス」のパンフレットをいただいた。介護認定証を見せ、タダシの介護についで相談した。当時、私にはタダシが認知症であることをご近所に知られることさえ嫌であっ

たので、

「『ナナセ』の送迎の車で彼が認知症であることがバレるのが嫌だ、介護認定は受けたが、介護保険サービスを使う気持ちはない」

と言った。K女史は、

「なるべく介護保険を使わないのが基本的な私の主義主張。今の状態を保つべく貴女が最大限のデイケアをしてくださったらよい。認定が出ているので、次に何か起これば すぐ使える。何か困ったらすぐお電話下さい」

とおっしゃる。有り難い対応であった。認知症は痴呆とも呼ばれ今よりももっと恥ずかしく、なりたくない病であった。直ぐに何か生活に変化を求めなくてよいことは嬉しかった。

春になったある日、Kケアマネから、遠くない民家に開設されたデイケア・ハウスを見学に行かないかとお誘いがあった。歩いて二十分位、年に数度行く神社の近くである。タダシと散歩がてら行ってみた。古い大きな民家、庭に畑もある。開け放った畳部屋に大きいテーブルが設えられ、手作りのお菓子とお茶がふるまわれた。自宅にいるよう、いい感じである。「こんなところならお父さんにも行く場所がある方が良い。女の人は色々な女子会があってランチする機会も多いが、男の人はそんな会もない。週一、私が連れてきましょう。畑をしたりおしゃべりをしたり、お昼を食べさせてもらって、いい息抜きになるでしょう」とこの民家「H庵」がすっかり気に入り、デイケア参加を直ぐに申し込んだ。H庵は九時から三時までのショートケア、所長のAさんは料理上手な好青年、息子と同じくらいの若さのようだ。Kケアマネがよいところを紹介くださって、タダシのデイケア生活がスタートした。ケアマネさんの提案で送り迎えもお願いした方がよいとのこと、私の負担も軽くなった。秋に私の同窓会参加のための一泊旅行の折には、Aさんの好意でH庵に泊まらせてもらった。タダシはワインを持って息子の所に行くように気軽にステイさせてもらったこともある。Kケアマネさんの適宜な我ら夫婦の生活スタイルにかなった介護提案で、タダシと私の後期高齢者老老介護生活は和やかにはじまった。二〇一四年の六月のことだった。

2　在宅ケアと介護度

H庵のデイケアは月二回から始まったが、その年の十二月からは週一回、水曜日はデイケアの日となった。ケアマネさんのアドバイスは、本人の外出により外から刺激を受け心身の活性化を図ること、介護者の健康維持のためであると言われる。水曜日は私の女子会がある曜日であるし、一人で心置きなく外出できる日となった。また後には女子会のある日は四時まで延長してもらった。二〇一五年からは月曜、水曜の週二回の利用でタダシの不活発状態を改善するプランを組まれた。さらに私の同窓会出席のための名古屋一泊旅行においては、「日向ショートステイ」施設を斡旋して下さり、一泊二日の宿泊体験も進めてもらった。在宅ケアの基本が定まったわけである。二〇一七年の秋には、私の同窓会出席（卒後五〇周年）のため東京一泊旅行で必要な二泊三日のショートステイを組んで下さり、後々は毎月一回二泊三日のショートステイをプランに組み込んで、タダシが自宅以外で宿泊する体験を忘れないよう継続するように、と先を見越したケアプランを立てて下さるのだった。

二〇一九年一月、介護保険適用から五年の歳月が流れた。これまでの月日は穏やかな介護生活だった。H庵の民家的デイケアと同時に三六五日年中無休「ツムラ」という大手介護福祉施設の利用も進めて下さった。ヴォイストレーニングのクミ先生の家近く、土日も開所していて利用しやすいデイケア施設である。九時から三時半又は四時半と利用時間の選択もできる。入浴や機能訓練、さまざまな季節の行事やレクレーション、外出レクもついている。月二回の利用から始め、週二日利用へと導いて下さった。おかげで私の体操教室や文章教室出席が心置きなくできるようになった。タダシも「ツムラ」での時間は三十人程度の学校のクラスに参加している気分でいたのではないか、と想像する。認知症とはいえ日々の生活はまあ老人のつつがない時間の積み重ねであったろう。

要介護1は五年間の有効で、この年二〇一八年の暮れから、介護保険の再認定の審査が行われた。本人の面接、家族からの聞き取り、ドクターのコメント、市の調査官によるアンケートや身体状況の測定などを調べ、判定が下される。結果は要介護3であった。

「今まで1だったのに、二段階も上がって3とは！　そりゃあ、色々と衰えはある、ハプニングもある、介護する場面も増えてきた、でも二段階も上がったとは、痴呆（ボケ）度も上がったということ？　介護費用の単価も二段階上がるんでしょ！　まだそんなにボケていない！」というのが、介護者妻の気持ちだった。息子にも娘にも嘆きのメールを送った。ドクターにも文句を言った。「再審査の請求もできますよ」というのがドクターの反応だった。ケアマネさんは「これから徐々にその段階に至ってきたな、という人もいますから」という感想だった。介護度が上がれば介護サービスが充分に使えて要介護者本人も介護を担う家族もメリットが大いにある、という考えであった。今思えば本当に先を見通した判断だったのだ。彼女の最後の仕事として私とタダシに最善の来るべき日々の安泰を図って、素知らぬ風情で彼女も多少のムリをして報告書を作ったのかもしれない。

というわけで、二〇一九年一月からタダシは要介護3の判定を受け、介護サービスは大幅に厚くなった。週六日のデイケア、月一回、二泊三日のショートステイが毎月組まれることになった。介護費用も高くなったが、我が市では月四万四千円を超える費用は申し出れば還付されるという制度も教えてくださった。二〇一九年の秋にはデイケアはより時間の長いツムラ一本にまとめて下さった。介護者の私の負担を慮ってのことであろう。またタダシのさまざまな病状の対応には、民家デイケア「H庵」の人手では今後少々重荷になるかもしれないとふまれたのかもしれない。

実際一年半後には要介護3らしき症状が次々と出てきた。時間、空間、人の認識がどんどんと怪しくなっていった。

そして今年二〇二〇年五月に（今思えば彼女の被介護者タダシへの）最後の介護計画と今までの結果と今後の問題点を綴ったレポートをいただいた。タダシの心情を思い代弁し、アサイ家の状況を分析し今後への見通しを述べ、介護者の私への心配りや励ましにも言及したものであった。私は遠くに住む娘や息子夫婦にコピーして送った。タダシの状況、我が家の現況を客観的に知ってもらうには、私の日々のハプニング対応の愚痴レポートや激情反応よりも、冷静なKケアマネの状況報告の方が届きやすいと思ったのである。子供達にとっても自分の親の状況にはやはり心が乱れるであろうから、ケアマネさんの非常に的確で充分且つ美しい日本語のレポートなら受け入れやすいと思ったのである。娘は「お父さんの心情もよくわかった」と言っていた。

郵便はがき

料金受取人払郵便

新宿局承認

2524

差出有効期間
2025年3月
31日まで
（切手不要）

160-8791

141

東京都新宿区新宿1－10－1

(株)文芸社

愛読者カード係 行

ふりがな お名前		明治 大正 昭和 平成	年生 歳
ふりがな ご住所	□□□-□□□□		性別 男・女
お電話 番　号	（書籍ご注文の際に必要です）	ご職業	
E-mail			
ご購読雑誌（複数可）		ご購読新聞	新聞

最近読んでおもしろかった本や今後、とりあげてほしいテーマをお教えください。

ご自分の研究成果や経験、お考え等を出版してみたいというお気持ちはありますか。

ある　　ない　　内容・テーマ（　　　　　　　　　　）

現在完成した作品をお持ちですか。

ある　　ない　　ジャンル・原稿量（　　　　　　　　　　）

書　名					
お買上 書　店	都道 府県	市区 郡	書店名		書店
			ご購入日	年　月　日	

本書をどこでお知りになりましたか?

1.書店店頭　2.知人にすすめられて　3.インターネット(サイト名　　　)

4.DMハガキ　5.広告、記事を見て(新聞、雑誌名　　　)

上の質問に関連して、ご購入の決め手となったのは?

1.タイトル　2.著者　3.内容　4.カバーデザイン　5.帯

その他ご自由にお書きください。

(　　　)

本書についてのご意見、ご感想をお聞かせください。

①内容について

②カバー、タイトル、帯について

弊社Webサイトからもご意見、ご感想をお寄せいただけます。

ご協力ありがとうございました。

※お寄せいただいたご意見、ご感想は新聞広告等で匿名にて使わせていただくことがあります。

※お客様の個人情報は、小社からの連絡のみに使用します。社外に提供することは一切ありません。

■書籍のご注文は、お近くの書店または、ブックサービス(0120-29-9625)、セブンネットショッピング(http://7net.omni7.jp/)にお申し込み下さい。

3 「認知症」のけんきゅう

私のひそかな趣味は「認知症研究」である。と書くと齟齬をきたす感がある。研究とは大げさだし、趣味というほど楽しいものでもないし、興味津々と言えばよいのか、「I am interested in 認知症」なのである。「認知症」という言葉を聞けば耳をそばだて、見れば必ず目を向けるのである。だから「けんきゅう」としておいた。

発端はもちろん身近なところにあるのだが、時代のトピックでもある。テレビでも映画でも取り上げられる。認知症を扱う本も次々と出版される。売れ筋のテーマである。一例をあげれば、中島京子『長いお別れ』は中央公論文芸賞を受賞した。文芸と病気は密接な関係がある。近代医療の進歩により結核をはじめとする感染症は多く克服され、癌もかなり対処可能になり、超高齢社会となった現代では認知症が注目される病気である。

四年前に我が夫に発覚した認知症は軽度のアルツハイマー病である。方向と時間の感覚に少々問題が起きた。年末、一日中年賀状書きに勤しみ、夕方そのハガキを投函すると出て行った夫は、以前あったポストの方角（今ポストは反対の方角に設置されている）に行ったらしく、ポストを求めて進むうち日が暮れて迷ってしまったらしい。捜索をお願いする事態となったのである。本人はタクシーを拾って帰るつもりだったと言っていたが、今時田舎でケータイも持たずタクシーなど拾えるわけもない。その二週間後、ノーテンキな私が女子会で一日家を空けた日、やはり夕方になって夕食のワインを求めていつも行くワインショップに出かけ、ワインを買って帰りに夕暮れとなり方向を誤ったのか再び迷子になってしまった。女子会から帰った私はケータイを持たずに出かけた夫を探しようもなく、また捜索してもらったのだった。三度あってはならない、と私は心して彼の見守りに努めている。

五年位前から認知症に関する本は多々読んできた。中でも多賀洋子『ふたたびのゆりかご』は同じ職業であった夫の発病と介護の話で非常に身につまされ興味深かった。小澤勲『痴呆を生きるということ』はその後の認知症関連の本によく参照される本である。最近の本では分子レベルで改善を図る後藤日出夫『脱認知症宣言』、認知症を『治さなくてよい認知症』と受け入れる方向を強く主張する上田諭の本などが私のけんきゅうの参考書になっている。

十年後には団塊の世代がみな八十代になり、高齢者の二人に一人は認知症になるという。自分が研究対象になっているか、自分が「けんきゅう」しているか、はたまたクリスティーン・ボーデンさんのように両方の立ち位置で発信しているか、それはわからない。できればいつまでも文章教室で話のネタにしていたいものだ。

4　曖昧な喪失

アメリカの心理学者ポーリン・ボス著『認知症の人を愛すること』（和田秀樹監訳二〇一四年刊）では副題として「曖昧な喪失と悲しみに立ち向かうために」と表紙に印刷されている。原題は“Loving Someone Who Has Dementia”という。Dementiaが認知症という単語である。ボス氏は“曖昧な喪失Ambiguous Loss”という本も著されているそうだ。『「さよなら」のない別れ、別れのない「さよなら」』と邦訳されているらしい。つまり死別という全くの別れ、喪失、ではない。「認知症というのは、その人の記憶や知能が徐々に失われていく病気で、もとの自分とは違った記憶体系や、知能、そしてパーソナリティまで変化してしまうことは珍しくない。要するにこれまでのその人がいなくなったような状態になるのだが、亡くなったわけではないうえに、もとの知能も記憶も、パーソナリティも、相当重症になるまですっかりなくなるわけではない。そういう点で中途半端な喪失体験を、介護者が（おそらく本人も）抱えるわけだ……」と和田秀樹氏はあとがきに書いている。タダシを失ったわけではない、幸いなことにこのコロナ禍の下で限られた条件ながら面会ができる。しかしあのベストパートナーの夫は今ここにはいない。五十数年を過ごした我が家にはいないのである。「未亡人」ではない。中途半端な喪失なのである。まさに「曖昧な喪失」をしている。しかし「悲しみに立ち向かわねば」ならないという。

5　施設ケア・介護の平日

四、五日に一度「ムサシの郷」に面会に行く。タダシは介護士さんに連れられて玄関に現れるが、私を見ても誰なのか直ぐにわかるようではない。私が「オトウさん、元気〜。オカアさんよ」と視線の中にしっかり入ると、ちょっと和ましい顔つきになる。声を覚えているのではないかと思う。「ちょっと散歩しましょう」と外に連れ出す。天気が良い日を選んで面会に行くから、外の広い駐車場をウォーキングしたり、施設の周りをゆっくりと歩いて回る。天気の話をしたり、「悪いカゼ、コロナ」を嘆いたり、歌を歌ったり、歩きながら明るい声で話しかける。彼も同意したり、歌を一緒に歌ったりする。外の明るさや空気をここちよく感じているように見える。十五分の面会時間はすぐに過ぎるのだが、大抵お昼前の時間に面会に行くので、「オトウさん、おいしいお昼ご飯が待っているよ」と言って館内に誘い入れてもらう。たまに、施設の介護士さんや看護師さん、施設長などにタダシの状況を聞くことがある。いずれも忙しい人達なので長話はできない。「今日はご機嫌がいいですよ」という日もあれば、「今日は言うことを聞かれなくて、面会に出てこられません」と拒否されたことも一度あった。ある時の報告で、「昨日はお皿を下げて洗われました」「先日は涙を浮かべられ鼻が赤くなっていました」と言われたこともあった。私は、「以前、家ではお皿洗いは彼がしていましたから」と以前の彼の様子を思い出し説明した。「涙の件」はちょっとショックだったが、「直ぐに直られましたから」とも言われたので、この施設に居ることへの辛い涙ではないと解釈することにした。彼はあまり過去の思い出を語る人ではなかったが、在宅晩年のある日、唐突に山で遭難した友人のことを語った。「滑落死した友達を弔った時、彼の妹が『これは兄さんではない！』と言ったなー」という話だった。この話は何度か聞かされた。彼の人生で一番悲しいことだったのだろう。この「涙の件」は、もしかしたら、彼はこの悲しい思い出を思い出して、涙が出てきたのではないか……、と私は勝手な想像をした。「夕方にはちょっとご機嫌が悪くなられることもあります。徘徊、服を脱いで裸になる、～して下さいとしつこく言うと、手を上げられることもあります」と言われたこともある。「徘徊」とはじっと座っているのではなくて館内を歩き回るということである。彼にとってはウォーキングではないか。服を脱ぐことは家でもあった、なぜかはわからない。デイケアの頃は入浴が一日の行事の主たる日もあったから、それをイメージしての所作なのかもしれない。誰でもしつこく

「～しなさい」と言われるのは嫌だ。「～だから今はそうしたくない」と理由を述べたり、したいことを言葉で表現できないのが、この病気に罹っている人であるから、嫌だと身体で表すこともあろう。介護者、妻の頭にはいろいろな解釈の言葉が駆け巡るのである。

Ⅳ　別れの休日

1　ケアマネさんとの別れ

七月の中旬、いつものとおり、翌月のケアプランを持ってケアマネージャーのK女史の訪問があった。夫タダシが介護保険を使うようになってからの毎月の行事である。一ヶ月分のタダシの症状を聞いてもらえる、介護の困りごとや悩みを聞いてもらえる、それらに対するアドバイスや解決法、他の介護者の事例や対処法を教えてもらえる、非常に大事な時間である。私個人の生活の喜怒哀楽まで発散させてもらったり共感してもらったり、本当に私の心のサポーターの訪問である。いつものように、タダシのこと、介護のこと、我が家のこと、よしなし事を話して一時間半、八月の居宅サービス計画書に印鑑を押し終わったところ、彼女は席を立ちかねる様子で、話を続けた。

「実は私は今月をもって、タダシさんのケアマネージャーを辞めさせていただくことになりました。本当に今まで、タダシさんのご両親のケアマネから始まり、長くご縁をいただき勤めてまいりましたが、この度自分の母の介護及び見送りを充分にいたしたい所存でございます。後続のケアマネージャーの方は熟慮いたしまして、心づもりしております。どうかご了承ください。島根の方におります母も九十三歳、五月に体調を崩したのです。実は連休のタダシさんの異変の折は島根に帰省しておりまして……。父を見送った時に心残りがありましたので、今回母のことは心残りをなくしたいと……。私も六十九歳、退職の潮時かと……」

私は打ちのめされた。ついにこの時はきたか。しかし、もう直ぐタダシがデイケアから帰ってくる、その前に明日からのショートステイの用意や準備をしなくてはならない。空が曇ってきた、タダシの布団を取り込み洗濯物を入れて、夕飯のことも……と、介護主婦として「せねばならないリスト」が頭脳に立ち起こり、ぐらつく心をガッとたてなおすと、次の言葉が口をついて出た。

「こんな時がいつかは来ると思っていました。Kさんもご自分の老後高齢期を心置きなく過ごされるべきです。長い間本当にお世話になりました。義父義母から夫タダシまで……。ありがとうございました……」

先回一緒に行っていただいた特養の申込書類（五十人待ちだというものだが）を、一応出しておくという最後の仕事を引き受けて帰って行かれた。

曇り空の夕方、洗濯物を取り入れようと一緒に玄関を出た。彼女はお迎えの夫君へのケータイを片手に道路脇へ、私は庭へと別れたが、一瞬道路脇に佇む彼女を見返ってしまった私は、「あー、彼女は行ってしまうのか！　長い間私の人生の一部であった人が……」と寂しさと悲しみが湧き起こった。が、直ぐに洗濯物のこと、タダシの帰宅、夕食の支度と実際の時間が流れていった。

夜、枕元で本を読んでタダシを寝かせつけ、自分の部屋に入り、窓を閉めるために道路を見やった時、夕方その道路脇にいたK女史の姿がパッと思い出された。そして心に別れの寂寥がどっと押し寄せてきて、涙が滲み出てきてしまった。四年前に最愛の兄を亡くした時、悲しくても泣けなかったのに。この三十年涙を流して泣いたこともないのに。義父、難しい義母、そして夫、と足掛け二十年近くお付き合いいただいたケアマネさんは、私が心置きなく話せる人だった。本当にすばらしい仕事のできる人、頭の良い人だった。私の人生でラッキーだったことは、夫タダシと出会えたことを除くと、T大学で学べたこととKさんに出会えたことだった、などと思いかえした。そんな人との別れ、これからはこうした別れの日々が続くのだろうか、と今までの楽観的ノーテンキな私にはない思いが湧き起こった。

明くる日、今までの感謝の気持ちを電話で伝えた。話しながら涙が頬を流れた。三日後の引き継ぎの会合を取り決め、その時は淡々と次のケアマネさんと共に会うことをお互いに確認した。彼女は「これからも友人としてお会いしますよ」と親切な言葉をかけて下さった。しかし人は会わねば遠くなっていくもの……。私の人生の一つの時代が過ぎていったのだろう。

2　アミちゃんとの別れ

爽やかな初夏の七月、アミちゃんは時々口をゆがめるような様子を見せることがあった。何か歯にはさまっているような。しかし家庭の事情もあってなにもかまってやれなかった。七月二十日にようやくアミカペットクリニックに連れて行くことができた。評判のクリニックである。いつもパーキングに車が多く停まっている。九時開院なところ八時三十分にはパーキングに入った。早めに来る人が多いようだ。ドアが開いて院内に入り、みなが順番待ち表に記名するのにならって、「猫、アミ、初診」、それから駐車場の番号を記す。車に戻って待っていると、車のところまで先生が迎えに来てくださる。

アミの先生は網本先生、爽やかな方である。四台の診察ベッドのあるペット病院である。奥の診察室に通される。ペットキャリーから出して診察台に乗せるも、アミは大興奮であるが、上手に取り押さえられる。口がおかしい旨を言う。先生は「少し取ってガンの検査にだす」といわれる。九時四十二分麻酔の注射をするが、アミのあばれは止まらない。ガス麻酔もする。口のおできを少し採ること、歯石の除去、血液検査、レントゲン検査、エコー検査、注射（抗生剤とステロイド）をして、十時十六分キャリーバッグで車に戻る。二十分ほどの待ち時間の間は少し動いているし、ウーといっている。先生の診断では、口の痛み、腎不全（血液検査で腎臓の値がかなり悪い）、腎臓が小さく弱っている、注射や点滴をする必要があるが、現実的にはきびしい（毎回麻酔でおとなしくさせてするわけにもいかないので）、ということであった。腎臓食のサンプルをたくさんくださった。美味しくないかもしれないが、好みのエサと混ぜてもよいとか。検査、診察料は三万六九六〇円、現金が足らないのでカードで、と言ったが、カードはダメなそうな。家に帰って現金を持ち出し、支払いに行った。全てが終わり、家に帰りついたのは十一時半であった。アミちゃんも私もお疲れさまでした。

二十九日にアミカクリニックの先生より電話があり、ガンではないという検査結果だそうだ。よかった。三十一日お昼前に注射と点滴に連れていく。診察台では大暴れなので、すぐに洗濯ネットに入れられる。その後の診察にはそのネットに入れて連れて行くことになった。注射だけでも三〇〇〇円、点滴をすると六六〇〇円、ペット保険に入っていないので治療費がかかるな〜。八月四日までは体重が変わらなかったが、三十日から何も食べないので三十一日の診察では一〇

○g減っていると言われた。水だけは飲んでいた。私の麦茶に興味を示したので、カップになみなみ入れて飲みやすいようにした。少しは飲んだか……。フローリングに寝そべっていたり、ネコハウスに入ったり、時には階段の中段のお気に入りの場所に寝ていたこともある。八月三日点滴につれていった。八月の七日からは水も飲まないようになった。赤ちゃんの時のように、スポイトで飲ませようと試みたがダメだった。ネコベッドに寝ていることが多くなった。それでもオシッコは猫砂トイレまで行ったが、砂にする前にトイレの縁に漏らすようになった。

十日もクリニックに、点滴液は多めにして別の注射もしたそうだ。

十一日私は美容院にカットに行った。三時間の留守をしたのだが、自動車の音を聞きつけたのであろう、部屋のドアを開けるとすぐ足元にアミが寝そべっていた。ネコベッドから這い出してきたに違いない。いつも私の帰宅時には部屋のドアを自分で開け、玄関の開くのを待って飛び出してきていたアミちゃんだったが……、ドアを開ける体力はなかったものの、ドアの所まで来て横たわっていたのだね……。

十二日点滴に連れて行った。かなり弱っていて体重も減り、お盆休みの明日からがやまかもしれない、と言われた。お盆初日「明日朝一時間の当番は私です」と網本先生は言われた。ならば行こうかな、と思っていたのだが、その十三日朝、階段を一人で下りてきたので、限られた時間の受診には行かなかった。

十四日もベッドに寝たり、フローリングの床に寝そべっていたりしたが、オシッコはトイレに行く元気がなく、垂れ流しにしていた。弱ってきても、八月の初め頃まで、二階の私の部屋の窓から網戸越しに外を見ていたので、ベッドに寝て動かなくなった時は、そのベッドを外の空気が感じられる下窓の所に持っていってやった。十四日、アミはリビングから出て玄関の三和土に長いこと寝そべっていた。私がそこを行き来して仕事をするので私の気配を感じられる場所と思ったのか。そしてついには廊下を進み私がいる台所までも来た。そして台所の私の椅子の上に飛び上ろうとしたができず、私が支えて私のクッションの上にのせてやった。その夜はそのクッションごと私の二階のベッドルームに連れて行った。十五日はお盆のなか日、アミは飲みも食べもしないが、ベッドですやすやと寝ていた。オシッコをすることもなかった。

十五日は何事もなく寝ていたのであろう、何のメモもない。十六日、朝早く、ベッドから立ち上がりふらふらと歩いたが、ぱたっと倒れてしまった。床に倒れたまま動かない、お腹も上下しないではないか！　私は「アミちゃーん、アミちゃーん、ウワ～」と泣き叫んでしまった。死んだと思った。すぐ側のトイレで泣きながら用を済ませ出てみると、アミちゃんのお腹は上下していた！　生き返った。その日はベッドに寝かせ一日中私の側に運んで過ごした。十七日、今日はお盆明け、クリニックに点滴に連れて行こう。朝五時半、同じ側を下に、アミはベッドに昨夜と同じ姿勢で寝たままだ。クリニックにはやはりキャリーバッグに入れて行かないといけないだろう、少し姿勢をかえてみようか、と柔らかい身体をそっと持ち上げてベッドに寝せ替えた。彼女は柔らかくゆったりとベッドに身をあずけていたが、数分した時ちょっとけいれんを起こしてベッドから身体を半分落とした。あー、先生が言っていたけいれんが……、と思いそっと落ちた半身をベッドに上げてやった。お腹はしばらく上下していたがすっと動かない寝姿になっていた。目は軽くとじていたと思う。「アミちゃーん、アミちゃーん！」といっても動かなかった。アミは死んだのだ。今日はクリニックで点滴をと思っていたのに……。アミちゃんの暖かい猫毛をなで続けたが、生き返らなかった。五時半過ぎだった。

着替えてベッドごと階下に持っていった。リビングルームにおいて、撫で続けた。頭を少し持ち上げて私のタオルハンカチを枕代わりにしいてやった。庭のキキョウの花が一つ咲き残っていたのを思い出し、庭に出た。畑のローズマリーやフェンネル、ゼラニウムの花、ミント、ラムズイアー、その他のハーブも取り混ぜて野の香りの花束を枕元に置いてやった。アミちゃーん、うちに来てくれてありがとう……。

クミ先生に電話して葬儀屋さんを教えてもらった。「ペットエンゼル」に電話した。遠くない所にある。午前中は埋まっているが、出張もする、と言われる。出かけていく気力はない。一時に来てもらうことにした。リビングルームで頭や手足を撫でて過ごした。眼が開いてまるで生きているようだ。写真を撮り、娘やクミ先生に送った。猫毛は暖かく本当に生きているようだ、けれども動かなかった。一時に軽ワゴンの車がバックで入ってきた。黒い服をきた女性が秤を持って来られた。二キロ位といっていたのだが、アミは　・九五キログラムだった。ここ二週間食べも飲みもしなかったのだから……。ピンクの美しい段ボール箱、棺と言えばよいのか、にアミちゃんを横たえた。枕元には畑のハーブを、庭の花や花ハーブを手のあたりに、持ってこられたガーベラや菊やランの花等を身体の周りに敷き詰めた。アミは小さくてそのダンボールの底に沈んでいるようだった。「アサイ家　愛猫アミの霊位　令和三年八月十七日命日十一才」と書かれた白いお札とともに写真を撮った。女性がお経を唱えて下さった。豪華な美しい上掛けを掛けられ綺麗に整えられた車の後部に乗せられて去っていった。四時頃立派な壺に入ったお骨がかえってきた。葬儀代は一万五四〇〇円、とても有り難かった。家に来た時の写真やお父さんの肩に乗っている写真、私が抱いている写真ののったアミちゃんアルバムと共に仏間においた。

3　突然の事故

七月十四日朝五時四十六分ケータイが鳴った。「ムサシの郷」からだった。こんな朝早くに、と訝しい気持ちで出ると、女の人の声で「職員がゴミ出しのため外に出たところ、アサイ様が外のアスファルトの地面に倒れておられたのを発見、救急車で搬送されました。どこの病院かわかり次第お知らせします」と言う。「倒れたとは……」部屋の雨戸を開けると初夏の夜明けは早い、明るかった。急いで着替えを済ます。また電話が鳴る。「Y大医学部に搬送されました」「すぐ行きます」と答えた。六時三十六分だった。朝の道路はまだ車が少ない。駐車場もガラガラである。車を降りると施設長のNさんも来て、一緒に救急外来と書いてある方に行く。A病棟一階、コロナ禍で厳重なチェックを受け、相談室へ。施設長のNさんから説明を受ける。「一階夜勤職員がオムツゴミを捨てるため外に出たところ、アサイ様がアスファルトに仰向けで寝ておられるのを発見する。鼻と口から出血を確認し、上を確認すると二階居室の窓が半分開いているのを確認する。大丈夫ですか、どこか痛いですか、と声掛けすると、痛い、足が痛い、と返答がある。すぐに二階夜勤者が下りてきてバイタル測定をする。五時三十五分ご家族に連絡、一一九番通報をして五時五十分Y大医学部に搬送となった次第です」A病棟一階にて、Nさんと説明室でしばらく待つうちに、七時五十五分に病状説明があった。病状説明書コピーによると（このあたりは記憶がないので）、救急科医師、T先生、R看護師が担当された。「墜落外傷、頭部　外傷性クモ膜下出血、胸椎骨折、骨盤、大腿骨、腸骨骨折&脱臼、手術が必要だが数日ICUにて様子をみて方術決定」という説明であった。手書きメモ（大変読み取り難い）と図を描いて説明された。骨盤と大腿骨の図には骨折箇所のバツ印が五ヶ所もあって大変な事故であるとわかった。八時二十五分まで面談説明があった。この折に一番重要なのは医療行為に対する説明と同意書へのサインであった。数十ページに及ぶ分厚い説明書をT先生がどんどん説明していき、私は五枚くらいの同意書にサインをしたと思う。インフォームドコンセントというものであろう。サイン後、我にかえり、今日の自分の予定を思い出した。十時に歯医者に予約を入れていた。今しか連絡する時はない。クミ先生に電話してタダシの怪我を話し、M歯科のキャンセルの電話をお願いする。九時三十分頃、ICUにNさんと共に入室し、タダシに会う。声かけすると、多少の反応があったようだ（Nさんの記憶による。このあたり私の記憶があやふや）。いったん医大からは帰らされたようだ。「現場はどんなふうなのか？」見ておきたい（コロナのためこれまでタダシの居室に入れてもらったことがない）と思い、一時半「ムサシの郷」に行く。Nさんが対応、二階タダシの部屋に通される。警察官三人が来て部屋の捜索をしていた。刑事と談話室でちょっと会話があった。「外から何らかの人の介入があったのではないようですね……」というような言であったと思う。N施設長が「夜、窓が開いていたので閉めた、そうです」と言っていた。椅子が窓際にあった。ちょうど窓の高さに届く階段のように置いてあった。

十四日午後三時頃、医大整形外科から電話があり、十七時医大にて説明をするとのこと。医大説明室にて、「骨盤と大腿骨の骨折、背骨の一部圧迫骨折、左足踵の骨折、目の奥の骨の骨折あり」といわれる。「除痛、股関節治療、歩いたりはできない、寝たきりになるかもしれない、そうすると寿命も短くなる（六～八割）、エコノミー症候群で血流悪化、血栓で急変することもある」などなど、悲観的なインフォメーションを聞かされる。私は「本人の肉体的、精神的苦痛のない状態にしてもらいたい。座る姿勢までできたらよい」と、タダシの人生観に基づいて要望を述べた。数人の医師との面接があり、最終的には整形外科のK医師から説明がある。「多岐にわたる骨折、頭の出血もあり、歩いたりはできない、寝たきりになる可能性もある。股関節の手術はした方がよい、骨に支柱を入れるインプラントは一時間位でできる。骨盤は保存的に除痛、年齢的に骨が付きにくい、寝たきりになる可能性もある、そうなると寿命も短くなる……」と。次に救急科の主治医といわれるS先生に紹介される。「大量に出血、輸血している。急変することもある、延命について家族と考えておくように」と言われる。明日持ってくる荷物のリストを手渡される。十八時四十五分入院診療計画書が渡された。「骨盤骨折、大腿骨頭部骨折、外傷性クモ膜下出血など。手術加療を前提とした集中治療管理を行う。推定入院期間　一ヶ月程度」。家に帰ったのは、二十時頃だった。娘、息子に電話であらましを伝える。息子は「治療について相談できる人を探す。『ムサシの郷』との責任関係など、原因が認知症なので主治医の『K医療センター』に連絡して助言を仰ぐこと」という。

十五日朝九時五分、『K医療センター』の助手さんと連絡がつく。「K医療センターではそのような部署、ソーシャルワーカーはいない、また紹介などしていないので、市の弁護士無料相談会やY大病院相談窓口に行くように」という返答であった。全く無責任！　認知症専門病院をうたいながら患者の病院が変わったならば即さらばするつもりらしい。K院長にはがっかりした。

十五日九時四十五分、N施設長から電話がある。「三点のことをお知らせします。一、十四日午前四時の状態、職員によるとベッドで寝ておられたそうです。二、Y大病院の支払いは『ムサシの郷』に請求して下さい。三、居室は退所になりますが退院する場合行き先は対応可です」と言われた。

十五日午前中はまず入院の準備をする。必要なものリストにしたがって荷物をつくる。十一時、Y大病院に行き、入院手続きをする。S医師との面会時間も十四時と組まれていたが、私の頭はこの突然の大事故で混乱していたのであろう、時間を間違えてしまった。急遽十七時三十分に設定し直してもらい、～十八時三十分、面会室にてS先生との面会説明があった。「頭の出血は自然に止まるよう内科的治療をする。意識状態は波があり、今、手術をするのがベストだと思う。明日十六日、手術をする。気管に管を入れて麻酔をするが、術後すぐでなく状態が安定して麻酔を解く場合もある。せん妄状態があるので拘束もありうる」などに同意する。S先生の誘導で集中治療室にてタダシに会うことができた。手を握って声をかける。タダシは目をつむっているが、もぞもぞと何か言うようだ。AMEC3（Advanced Medical Emergency and Critical Care Center）は大変広い場所でベッドが何台もあるようであった。十九時頃（?）帰宅。娘、息子に電話したようだ。

十六日、ＡＭＥＣ３に十五時に着く。手術は十六時から。午前中にケアマネ、クミ先生に電話して十四時三十分医大へ。手術室に行く前にＡＭＥＣ３で顔を見させて下さった。手術は十六時から一時間と言われていたが、病室に帰ってきたのは十九時だった。ＡＭＥＣ３病室にもどる前にまた、タダシの顔を見させてもらった。目を開いていた。指切りをした。会見が十九時三十分から四十五分まであった。「手術はうまくいった。意識反応が鈍い、傾眠傾向がある、意思疎通が難しい、頭の出血は脳の萎縮があるので多いがこのまま吸収を待つ。整形外科的に画像では、左右のバランスがよくなっている。リハビリ（腕の曲げ伸ばしなど）を直ぐにして急性期を脱したら（一～二週間）転院もある」と説明を受けた。手術は無事に済んで、帰宅したのが二十時だった。娘、息子に電話、息子が明日帰省すると言う。

十七日朝久しぶりにウォーキングをしてシャワーで身体を洗った。十時に「ムサシの郷」のＮさんが本部の印鑑を押した支払い証明書をもって来宅した。タダシの着ていた寝巻き（病院で切り裂かれたもの）を受け取った。午前中今までもらった病院の病状説明書、入院診療計画書、入院保証書、「ムサシの郷」の契約書をコピーして用意した。息子が求めていた書類である。

十三時四十五分、息子が来宅した。コピーした書類を差し出したところ、いらないと言う。そして私の持つ書類をスマホに次々と撮影していった。紙の書類はジャマになるそうだ。私の話を聞きながらテーブルの上のノートパソコンと携帯を操っている。「ムサシの郷」の契約書を調べ、「第12条　損害賠償」の項を示す。「『ムサシの郷』が病院支払いを認めたことは責任を認めたこと、補償を求める。向こうがこういう補償を考えている、例えば医療費とその後のケアなど、を示しそれに対して了承すればそれで終わる。何が起こったかの経緯の説明、今後どういう対応をするのか、具体的に聞くための場を作ることを要求するように。七月二十四日に自分と姉と母三人で『ムサシの郷』に行くので対応をしてもらうよう電話をすること。母はホームドクターにかかり、精神的損害（不眠、変な夢、肩首の痛み）を言いカルテに書いてもらう。Y大患者支援センターで転院先の相談、治療の見通し、転院先の治療費について請求してよいのか、相談員に聞くように」というのが彼との会話の内容である。

十六時二十分別れの時である。二時間半の滞在であった。玄関を出ながらケータイで連絡をしている。その後わかったのであるが、当市在住の弁護士を探すため高校時代の友達と連絡を取っていたらしい。この日の会話内容は直ぐに姉と私にメールで知らされた。

十八日、息子が姉に送ったメール「情報整理と今後のプラン」を見て昨日の息子との会話内容を確認する。よくまとめられている。

二十日、調子の悪かった猫アミをアミカペットクリニックに連れて行く。午後、元ケアマネさんに連絡、来訪してもらい、今回のタダシの事件について聞いてもらう。彼女は今回の事件には非常にびっくりされていた。「窓が開くということはありえない。が、全然開かないことは虐待になるとも言われている」とのこと。私が「自ら足を踏み出したとは、なんとバカなことをしたのだ！　とおもうと、心が乱れる」と言うと「バカなことをするのがこの病気」と言われる。この病気に対処するのが介護施設の役割なのであろう。退院後寝たきりのケアハウスは「アスト」を勧められた。「ムサシの郷」系は難色を示された。

二十一日、Y大医学部からケータイに電話がある。「意識は前と同じ状態で反応はあるが意思の疎通がはかれない。食事は経鼻栄養。痰が多くて肺炎の疑いがあり薬で治療をしている。酸素の状態はよい。急性の手術は終わり転院調整のスタートをしているので了承を」と言われる。私は土曜日二十四日に子供が帰ってくるので、病院で面会して話し合いに応じたい旨を伝える。

二十四日、一時、Y大救急A1棟に着く。三人でAMEC3内に導かれ、タダシに面会させられる。経鼻管、点滴管、損傷足はギブスその他の措置で固定、もう一方の足は血栓防止のためマッサージ装置で覆われ、手は手袋をはめられているので、触れられる部分は踵の一部だけだ。耳だけは機能しているかもと思い、話しかけて励ます。わずかに出ている足指をさする。談話室にてS先生から説明を聞く。

（息子がメールに纏めてくれたものから引用して次に記す）

五mの高さから転落。頭、骨盤、足の骨の骨折と、脳内の出血。

入院時、骨盤部分の出血が止まらないので、輸血をした。出血自体のコントロールはある程度できた。大掛かりな手術はリスクが高いという判断で、大腿骨の手術だけ行った。足の骨はシーネで固定のみ。左足踵の骨折、目の奥の骨折は治療の必要ないとの判断。手術後、骨折、出血に関する問題はない。ベッドを上昇させて身体を起こすことが可能になった。一番の問題は、頭の中の出血。脳の隙間があるので、圧迫の問題が起こっていない。現在は、脳の出血は増えていない。これからは自然に減少するのを待つ。じわじわと吸収されるであろう。自分でご飯を食べるというのはかなり難しい。話をすると返事はできる。元々の認知症+脳血管性認知症。肺炎：誤嚥性肺炎のリスクが高い。痰が降りていってしまう。気道が閉塞しやすい状態。鼻から器具を挿入している。様子をみていくしかない。正直いうと厳しい状況。発熱がある。抗生物質による治療。認知症の悪化と肺炎のリスク。肺炎を繰り返す。基本的治療方針は、点滴と鼻からの酸素の管理、栄養管理、リハビリで時間経過を見る。リハビリはベッド上で手足を動かすことができる、骨折の痛みは大きくなさそう。骨折の痛みは時間経過で良くなる。一つできる治療は気管切開で、呼吸の問題は起きない、誤嚥のリスクは減らせる。予後は最もうまくいった場合、車椅子に座れるが歩くのは難しい。療養場所は施設という選択肢はある。現実的には、療養型の病院で管理が必要なままの可能性は高い。

（息子の感想によると、主治医の説明の仕方、対応はとてもレベルが高い。あれ以上を期待してはいけないという）

二十四日午後三時、「ムサシの郷」に、息子、娘、私の三人で行った。談話室にて、N施設長とH相談員が対応。十三日夜八時から十四日朝の状況を書いた紙を渡される。次のようになる。

……………………………………………………………………………………

十三日夜八時夜勤者Bの居室訪問にて眠剤を飲み就寝。十時訪室、ベッドで寝ている。十二時訪室、オムツパッド交換、窓が開いているのに気づき、閉めて鍵をかける。二時訪室、ベッドで寝ている。四時訪室、ベッドで寝ている。五時二十五分頃、一階夜勤者がおむつゴミを捨てに洗濯室から施設外に出た所、アスファルトに仰向けで寝ておられるのを発見する。鼻と口から出血を確認し、上を確認すると二階居室の窓が半分開いているのを確認する。「大丈夫ですか、どこか痛いですか」と声掛けすると、「痛い、足が痛い」と返答がある。……五時三十五分　ご家族に連絡し、救急車を要請、五時五十分救急車にてY大病院に搬送、手術、など。十四日午前十一時本部の指示を受けて、警察に連絡した、午後一時頃U警察署刑事課三名が来所、現場検分、奥様が来所され、写真を撮られた。

……………………………………………………………………………………

この会見で私が言ったことは「鍵を開けて窓を開ける行為は二段階、二段階行為をタダシができるとは思われない」ということだった。N施設長によると、「施錠の確認のチェックはなかった。十二月からの滞在なので予見はできなかった。日中はダイニングルームに居た、徘徊ありなので見守りしていた。椅子の位置はあそこ、椅子に座ることはあるが、上ることは今までにない。内部からドアを開けて廊下に出ることはあったが、過去に窓を開けることはない」とのこと。一時間位の面談であった。

明くる七月二十五日午前中、娘を伴い「ムサシの郷」に行った。現場の居室を娘と息子にも見せておくべきだったと昨夜反省し思ったのだ。息子はもう帰ってしまったが。N施設長が対応、「昨日、部屋にご案内してなくてすみません」と言われた。娘と部屋に入った。カーテンがあった。「カーテンは夕方早めに閉める」と言われた。後日九月十六日、カーテンのことが気になって、当日の夜勤者Bに会わせてもらった。以下はその時にN施設長、Bさんの言でわかったこと。

私「窓が開いていたのに気づいたのは、どのようにしてか」

Bさん「カーテンはかかっていたが、エアコンと生暖かい風があったので、開いていると気づき閉めた。鍵は大元の一個だけを閉めた」

N施設長「十時三十分、医大から帰り、現状を確認した。窓とカーテンが半分開いていた」

私「事故当夜、窓が開いていたと言ったが、窓は誰が何時開けたのか?」

N施設長「四時から五時に遅番の人が部屋のエアコンを点けに部屋に入るのだが、その時窓を閉め忘れたのかもしれない」
私「タダシが窓から出るには1、カーテンを開ける　2、鍵を開ける　3、窓を開ける　4、椅子を登る　5、外の窓枠に立つ、そしてはじめて一歩を前に出すことができるのですが。そんな五段階のことができるとは思われない」と述べた。

八月一日S先生から電話連絡があった。「全体に落ち着いてきている。肺炎も薬で治ってきている、言葉は調子がいい時だけある、気管切開はしない。週明けにCTをとって転院について話す」とのこと。八月四日市中のO病院に転院が決まった。このコロナ禍のもと、Y大病院ではあらゆる機会を捉えて家族を患者に会わせて下さったと思う。感謝申し上げる。しかし二十四日以来タダシには会っていない。O病院への転院時は会える絶好の機会だと思った。
八月四日九時三十分、O病院へ搬送。私も少し前に病院に到着、コロナ禍での入所なのでいろいろなチェックがあった後、院内で待つ。タダシには院内の事務所内のような場所の「流し」の前でちょっと声かけして手を握った。「また一緒に歌を歌いに行きましょうね、頑張ってね」と言ってまぶたを手で拡げたが、反応はほとんどない。マスクをしているので、顔の表情も見えづらい。ほんの一、二分の逢瀬だった。予想通りO病院ではその後面会は一度もなかった。退院後の行き先として、九月四日O病院附属介護医療院への入所希望書類を出しておいた。三十人待ちという状態だそうだ。九月十日、O病院の在宅復帰支援要員YさんとケアマネKさんとの面会での状態は「まだ車椅子は無理、鼻からの栄養管あり、昼食だけ口から摂取の訓練をしている、オムツへの導尿をしているが未だカテーテル、ほぼ全介助、意思の疎通は難しい、発言はまだ少し、穏やかな状態、右側に痛みあり」という報告だった。今年中はここで療養させて欲しいことを伝えた。了解を得たと思った。しかし九月二十八日「お粥おかず食になった、嚥下は良い、痛みなし、リハビリはベッド上でこれ以上は無理、おしっこはカテーテル、症状は安定している、退院許可は出ている」と言われ、「今の部屋は六十日が限度、十月十日までが期限、特養へケアマネさんと相談して移って下さい。何処か特養のロングショートへ」と言われる。市外の老健を紹介され見学に行ったが、今ひとつノリ気になれなかった。

この頃クミ先生から連絡がありE先生のお母様がお世話になり、またクミ先生自身も知っている女医さんのK先生が所長を務めておられるSK苑への話が具体化してきた。O病院の在宅復帰支援職員Yも連絡して下さりSK苑の窓口のIさんを紹介して下さった。

三十日十一時半見学に行った。S町は我が家から車で十分位、行き慣れた方面、Iさんも感じの良い方、何よりクミ先生のご推薦、取り計らいがすでに行き届いていて、見学と同時に受け入れ可能、申し込み決定という段取りとなった。明くる日に申込用紙を提出、院長のK先生と苑内のソファーで三十分近く話し、タダシのことをお願いした。午後SK苑の二人の職員の方が退所後の場所の届出書類作成のため、我が家を訪れられた。猫のミウ（アミの死後ケアマネさんが世話してくださり我が家に来たもと捨て猫）が歓迎し書類作成がなった。入所は十月八日十時。三日ヴォイトレの時クミ先生からの報告では「K先生からお引き受けしました、との電話がありましたよ」とのこと、SK苑入所が決まって本当によかった。

この世の中全てのことはタイミング、SK苑にちょうどその時、男性部屋（四人部屋と二人部屋があるらしいが）に、一人空きができていたという。タイミングが良かった。それももちろんだが、紹介や因縁や繋がり、いわゆるご縁があればこそ、家族も納得して決心ができるようである。

十月五日にO病院リハビリ室でSK苑のIさんと在宅復帰支援員Yさんと共に、タダシの状態確認のための顔合わせがあった。タダシはキャリーベッドに乗せられて半起きで居たがほぼ寝た状態、ＳＫ苑入所の介護タクシーの手配を頼んで帰った。

七日は弁護士と我々三人の会見が組まれていたが、私だけが弁護士事務所に赴き、息子と娘はズームでという形態でタダシの損害賠償に関する話し合いが持たれた。本来なら子供達も帰ってくることになっていたが、このコロナ禍の中、県外の彼等と会うと私がその後二週間はタダシに会いにＳＫ苑に行くことができなくなるのである。それは避けたい事態であるのでこの弁護士との会は一人で出かけた。

十月八日九時半、Ｏ病院に行った。介護タクシーに乗る前とＳＫ苑に着いた時だけがこのコロナ禍の中、直接会えるチャンスである。張り切って出かけた。が、タダシの顔を見て声がけしても、はかばかしい反応はなかった。会いたい、交信したい思いはモトコの一方的なものでタダシは自身の身の安楽をのみ願っているようである。タダシの怪我、入院、介護施設の選択交渉そして選定の大事件はここで一応の決着をみた。ＳＫ苑での施設介護の生活が上手くいくように願った。

4　施設介護の日々

新しい介護施設には、週二回の入浴の明くる日に、洗濯物を取りにいくという取り決めにした。コロナ禍の中、入り口受付での対応である。本人の部屋にも入れないし、会うこともできないのだが、ちょっと彼の様子が聞けたりするかもしれないので、洗濯は我が家でするという選択をした。十月半ばから、予約すれば十五分の面会が可能になった。マスクや手指消毒はもちろん廊下でビニール衝立越しなのだが、週一その面会を入れてもらった。初回はほとんど寝ていた。二回目、目は開いていて私の手を握り、声は出さないが口をもぐもぐと動かしていた。預けていたクミ先生と歌う歌声のテープには体を動かして反応すると言われた。少しずつ回復しているようだ。

今すこし落ちついてこのような「カイゴの休日」を書きながら、この七月十四日の事故について心の中で何とか解釈を付けずにはいられなくなる。「なぜタダシは窓から外に踏み出たのか？」

その前日、七月十三日、私は「ムサシの郷」に面会に訪れた。梅雨はすでに明けて真夏の明るい空が広がっていた。タダシと連れ立ち隣の緑の公園に行った。緑の草の道を歩き、施設建物の周りを二回りして玄関先の椅子に座らせ、タッパーに入れて持っていった甘い桃の小片をフォークで食べさせた。ウォーキングとオヤツのひと時、これが「ムサシの郷」での最後の訪問になろうとは！　思いもしなかった。そして明くる日七月十四日、早朝に事故が起きたのだ。その日の朝も穏やかで美しい陽の差す朝だった。五時過ぎに目覚めた彼の部屋の外は、明るく爽やかな夏の大気が満ちていたに違いない。昔の山小屋での朝の大気と同じような爽やかさだ。「さあ、今日は晴天、美しい大気の中を出発しよう」と一歩を踏み出したのだろうか？　誰にもタダシの頭の中も感覚も何もかもわからないのだけれども、美しい七月の早朝の朝陽の中での出来事だったことだけは確かなのである。……タダシは山の大気の中に散歩に出かけたのか……。私は追い付いて行けなかった……。美しい夏の陽が二人を分けてしまった……。そして私はおひとりさまになった……。

十一月になりコロナの感染者数は全国的に少し減ってきている。がしかし、ここが今後の状況への分かれ道、パンデミックの重要な要点とかで、介護施設の対応も慎重さを崩さない。マスクにビニール手袋、シールド越しの面会である。居室には入れてもらえない。タダシとは目線が合わないことも多々あった。その後コロナの蔓延により面会は入り口でのオンライン画面での映像面会になった。小さな画面に映る私の顔も持っていく庭の花のひと枝も認識できないようだ。声だけは届くような気配がする。

「タダシはあの事故で死んだも同然である」と、私の内なる声がする。私は未亡人としておひとりさまの生活を確立しなければならないようだ。朝のウォーキングを再開、散歩コースで会う人に、「おじいちゃんは？」と聞かれることがある。「ちょっと具合が悪くて入院している」と返す。私の朝のウォーキング姿は夫婦二人姿で定着していたのだろう。一人歩きが寂しく感じられるがめげずに歩く。一人の食事の支度は非常に簡単、手をかけずに済ます。グリーンコープのお惣菜パックを一袋開ければ二、三回分になる。野菜料理を一つ作ればこれも二、三回分に、汁物も二回分はできてしまう。なにしろ結婚生活の半分は六人分の料理を作る生活だったのだから。あれから数十年、半世紀も経ってしまった。人生の最後はとにかく一人、「おひとりさま」関連の本を読む毎日である。

V　コロナ禍の介護

1　コロナ禍の施設介護

コロナ禍の下での介護施設入居はすでに書いた通り色々な制約があった。たとえば、県外から帰省した子供と会った私（連れ合いである妻）は施設を訪問することも制限されるし、ましてや子は親に直接会うこともできなかった。入所者の部屋に立ち入ることも許されないから、どんな部屋で寝ているのか、どの様な容態で食事を取っているのか見たことがなかった。入所前のリサーチでは、「ムサシの郷」はクミ先生のお父様が入所されていた所、クミ先生のお母様は毎日訪れ日中は館内で一緒に過ごすことができる施設ということであった。同じ「ムサシの郷」なのに二〇二一年一月から七月十四日までの入所中に私は中に入れてもらったことはない。荷物を預けて玄関でさようなら、入所時にそれまでの家での就寝や摂食時の様子を聞かれることもなかった。コロナ禍で外からの感染源を断つことが第一という事情は充分わかるが、介護施設に囲い込んでそれまでの生活との縁を断ち切らせ、施設の生活様式に一気に馴染ませ添わせるという方策は非介護者に何らかの心のきしみを生ませたかもしれない。

コロナ禍が介護の状況に大いに作用したことは、新聞やテレビでも多く報道されているとおりである。例えば、読売新聞二〇二一年九月医療ルネッサンス、面会制限Ⅱ『画面越し肌ふれあえず』「みんな躊躇しながら、家族を入所させています。近くにいてすぐ会えることを前提に、迷いながら入所させた人も多い」と認知症の人と家族の会代表の言。また同新聞記事二〇二二年七月医療ルネッサンス、コロナ禍の傷痕「妻と会えず募る孤独、透析治療ができる病院に入院……入院から八ヶ月、面会できない日々は続く」と東京都多摩区に住む夫八十六歳の場合など、介護施設や病院入院の状況に今までにない大変大きな制限がかかり連れ合いや家族が苦悩したことは、全国民の知るところである。

我が夫婦の場合、タダシは大怪我の後、二〇二一年十月八日SK苑への入所により、タダシの最終的な居場所はここに確定したものと受け取った。もちろん発病なり何なりの理由で病院への入院もあるかもしれないが、在宅介護はないであろう。彼はカテーテルを付けたままの退院で、SK苑では院長先生がドクターでもあるのでカテーテルの交換などの医療にも対応してもらえる。二〇二一年の面会はほとんどなし、二〇二二年はコロナ禍まっただ中なのでオンラインでの面会、後半は館内で双方共に厳重な防護体制をとり、ホールでの厚いシールド越しの面会が叶えられた。その年の年末には子供達も苑内ホールで十分間の面会をした。もちろんワクチン接種済みの証明書を提出しての許しだった。二〇二三年五月になってコロナが5類感染症に緩和された後は、マスク手指消毒、スクリーンなしの直接面会が許されるようになったが、相変わらずホールでの十分間の面会である。手を握り耳元で声を聞かせる、庭の花を見せるくらいが妻のできるせいぜいの面会である。それでも子供達が県外から帰省したお盆の季節には、ホールで直接会う充分な空間を取ってくださり皆で会うことができた。貴重な家族の記念写真を撮ってくださり家族にとって本当に嬉しい面会だった。本人は温度管理の整った空間でプロの看護介護を受け安全安心な時間を過ごしているようである。しかし本人の認知症は次第に進み、場所、時、人、とわからなくなってきている。私が誰であるかもわからないようだ。声には聞き覚えがあると期待して、一緒に歌った歌や、クミ先生のレッスンの様子と彼自身の歌声が入ったテープを聴いてもらっている。

2　本の制作・コロナ禍の介護者の暇つぶし

週一回たった十分の面会、二回の洗濯物の取り替え、もちろん種々の事項や書類のやり取りなど彼のための配慮事務手続きはあるけれども、在宅介護がなくなると本当に暇になった。猫一匹と家と庭畑の清掃管理だけである。

二〇二二年秋、タダシの机に積まれていた彼の旅日記の冊子が古くなってバラケかけているのに気づいた。在宅晩年の夜、寝付けない折には読んで聞かせていたこともある冊子である。元気だった頃、二十五年以上前のことだが、十数年の期間に家族や夫婦で楽しんだ旅を旅日記という形でタダシが書いたものである。「本にしたら？」と娘に言われたような、自分の頭の中で聞いたような、何ともはっきりしないが、そんな声が聞こえてきた。誰も何もない我が家にぽつねんとしていた私は、「タダシ旅日記の製本計画」は寂しさを軽減する良い思いつきだと思った。『ニホンの休日』を作ってもらった地元の印刷屋Kに電話し、若い後継の人に制作を依頼した。今どき冊子原稿だけで頼むのも申し訳ないと思い、タダシの古いパソコンから書類の「旅日記」

を全て取り出し、USBメモリーに入れる作業を娘にしてもらった。印刷屋Kさんと共にタダシ旅日記製本計画がスタートしたのである。コロナ禍で女子会も少なくなる中、大いなる暇つぶしができることになった。タダシの旅日記の冊子は全部で十編あったので、三冊の本に編集することにした。古い話なので、「思い出の……」シリーズとし、前書き、後書き、目次、写真を入れるなど私が作業することに、費用はもちろんタダシのお金で賄う。二〇二三年春に第一冊目「思い出のパリ日記」が完成した。一九九二年から二〇〇七年にかけてフランス・パリへの旅行記である。四ヶ月かかった。写真を探し出したり、挿入の箇所を決めたり、校正や表紙のアイディアを考えたり（表紙デザインは印刷屋Kさんの制作）で、私の暇は楽しく大いにつぶれた。

製本した本は子供達と親類縁者、タダシの友人知人、もと教え子、地元の図書館、旧職場の図書館などへ納めさせてもらった。もちろんＩＳＢＮのついた図書とした。タダシのお世話になっているＳＫ苑のＫ苑長と受付のＩさんも受け取って下さった。Ｉさんはレクレーション室の本棚に置いてあげましょう、と言って下さった。Ｋ苑長は葉書を下さった。「素敵なご本、タダシ先生にお見せすると表情が動いたように思います。……先生の頭の中にも楽しかった思い出は沢山残っておられると思います」と、これには本当に感激した。Ｋ苑長は介護者の私を最大限慰めて下さったのである。他にもクミ先生の関係する方々に受け取ってもらい、反応のメールや手紙をいただいたことは、介護者である私の大いなる慰めになったことがこのプロジェクトの一番の収穫であった。ひき続き第二冊目「思い出の国内山・旅日記」第三冊目「思い出の南仏イタリア日記」と三冊の本を作った。二〇二三年の秋になっていた。介護者おなぐさめプロジェクトは終わった。

3　疑問、なぜ認知症になったのか？

タダシの本を作る作業は当然のこととして彼の文章を読む作業になる。彼が五十五歳から六十一歳までと、少し間が空いて七十歳（二〇〇七年）の時、これらの文章が書かれたことになる。「文は人なり」という。本を編集しながら、彼と改めて接するという経験をしたわけである。認知症と診断されたのが何時だったか？　完全に仕事をリタイアしたのが六十八歳、その後七十歳過ぎに近くの開業医で「脳ドック」を受けた。多少の物忘れや認知錯綜があるものの、健康診断の一部という軽い気持ちで夫婦共に受けた。親達のケアマネージャーK女史と関わりのある頃、彼女はしきりに「ご主人は大丈夫ですか？　小中の校長先生だった人や大学の教師が認知症になりやすいそうですよ」と言われていたことも頭のすみにあった。その時の診断では「長谷川式で22、MRI画像で多少の萎縮が認められる軽度認知症」というものだった。二〇〇八年のことだ。しかしその後の三年ほどは、家にいて猫と遊び夫婦で小旅行を楽しみ声楽を習って新しい趣味にもなじんだ日々だった。夫婦で半時間のウォーキングはしょっちゅう、時々は六キロのランニング、食事は偏りなく家庭食を取り、飲酒はワインをグラスに一、二杯、という健全な生活を送っていた。二〇一一年七十四歳の時、家近くで夜迷子になり学生さんに連れてきてもらうという事態が起こった。その年の十二月Ｋ医療センターを受診する。その暮れと年明けに再び迷子事件を二度起こし、二〇一二年に要介護１の認定となった。Ｋケアマネの予想通り認知症を発症したわけである。

タダシの文章を読む限りその旅日記の頃の彼は好奇心に溢れ、万物を観察鑑賞し本を読み思考している。知らない外国の町を遊歩する方向感覚もすぐれているし、同乗の旅行者への観察眼も鋭く、ダジャレもウンチクにも溢れた文章を書いている。

その後なぜ彼は認知症になったのか？　本を作りながらこの疑問がふつふつとわいてくる。私は義両親のケアマネージャーＫ女史の言で認知症には充分興味を持ち、関心を払って「認知症のけんきゅう」をしてきた者であるが、その原因を深く探索思考するまでに至らなかった。むしろ認知症患者への接し方を学び、脳機能維持への方策、心身の健康維持など、良き生活習慣の維持管理には最大限の努力を払った。タダシの在職中からの健康診断のアドバイスに従い、主に高血圧やコレステロールの管理に心して対処してきた。食生活や運動、ストレスの発散などに励み、また家庭医と縁を切ったことはない。

今過去の「おくすり手帳」なるものを探し出し検索してみると、五十五歳頃から高血圧の薬はずっと飲んでいたことがわかる。在職中は本人に任せていたが、退職後の服薬は私が管理し忘れることなくさせていた。そのためには家庭医には月一回は診てもらっていたことになる。彼の部屋の整理中、小さなメモがあった。「血圧二〇一〇年九月十日　O循環器内科から帰宅直後１２９　74　62、１２１　75　60」これは彼の自分で計った血圧の数値、最高血圧、最低血圧、脈の数値に違いない。次に開業医を変わった時の報告に「お薬手帳二〇一二年　レザルタスＨＤ　二十年位前から服薬」とある。これらのメモから推測するに、彼は降圧剤を三十年近く毎日飲んでいたことになる。その頃の常識では「高血圧の薬はずっと飲むべきもの、飲んでいるから今の血圧を維持できている」と言われていた。それを信じて私は真面目に毎月家庭医を受診し薬を管理し降圧剤を三十年近く飲ませていたことになる。

ここ四、五年、減薬に関する本を多く目にするようになった。認知症と降圧剤との関係を示唆する本も多い。血圧降圧剤やコレスレロール降下薬を飲むことの必要性がないことを主張している。『この薬、飲み続けてはいけません！』内山葉子著二〇一八年、『血圧を下げるのに降圧剤はいらない』宇多川久美子著二〇二〇年、『薬のやめ時』長尾和宏著二〇一七年、『薬に頼らず血圧を下げる方法』加藤雅俊著二〇一七年、『医者が「言わない」こと』『医者に殺されない47の心得』『このクスリがボケを生む！』など近藤誠著二〇一八年〜二〇二二年、『六十代と七十代心と体の整え方』『大往生』『80歳の超え方』など和田秀樹著二〇二〇〜二〇二二年。私がこれらの本に出会ったのは二〇二〇年在宅介護からはずれた頃からである。実際に毎日介護の日々には余裕がないものである。医薬や介護への信頼を高く持っていた生育環境があるせいかもしれない。タダシには降圧剤やコレステロール低下薬の服薬を三十年近く課していたことになる。今になって認知症の原因が服薬の副作用であるかもしれないという思いにいたる。降圧剤は脳血管への血流ばかりでなく眼精への血流不足による視力にも影響を及ぼすらしい。実際視力がどんどんと悪くなった。「おくすり手帳」はすべての医師に見せたが特に服薬の制限や影響についてコメントを受けた覚えはない。介護者の私は二〇二一年に介護施設に入るまでは毎日の在宅介護の実際の仕事で、このあたりの本に接する精神的余裕も時間的余裕もなかった。今思うと服薬を管理していた自分の介護生活が悔やまれる。認知症の原因の一因かもしれない長期にわたる降圧剤の服用に何の疑問を持たなかったこの三十年、今この本「カイゴの休日」を閉じるにあたって忸怩たる思いがする。

あとがき

ホリデイ、holy dayとはもともと聖なる日ということであり、神が与えたもうた祝日である。この長いお別れ（long goodbye＝認知症）の時間そのものが「素晴らしい休日holidayの日々」であると捉える人もいる。あるいは人生の過程において最後におとずれる休日＝holidayは「長いお別れ＝（認知症）の辛い日々だ」と捉える人もいる。「カイゴの休日」を「holy dayな休日」ととるか、「dementia（認知症）の休日」ととるか、人それぞれである。癌に続いて認知症は皆が気になる病であり、「長いお別れ」の形もそれぞれであろう。我が家に起こった、また起こっている形態の一つ（夫は今八十七歳、大怪我の後二年半命を繋いでいる）を綴ることによって、孤独な介護者の支え合いになるかと思った。みなで共有し支え合い、「さようなら」に至りたいものである。その思いでこの休日シリーズ最終版を送り出す。

第Ⅳ章3は施設内で突如として起こった事故の記録である。人生何が起こるかわからない。常備している小さな手帳に書いてある予定やメモ、ケータイの記録、パソコンのメール、病院や施設でいただく書類とパンフレット、等などをもとに備忘録のつもりで書いたものである。独り暮らしの日常に追われる日々、猫一匹との暮らしは、「ラク～とサミシ～」「ラク～とワル～」（こんなにラクをしていいのだろうか、ワルイなー、と申し訳ない気持ちにもなる）の感情におそわれるのだが、ポチポチとワードに打ち込むことにより、寂寥感をなんとか凌いでいる。非常にプライベートな記録である。家族と親しく私を支えてくれている人々に知ってもらいたい気持ちで記したものだ。しかしこの章を本に入れ、読み返すことは事態を思い出すことになり非常に辛い思いがする。本当に夜勤（夜のみのパート従業員）のB女は「開いていた窓」「を閉めた」のか？「に鍵をした」のか？　パートの若い彼女に問い詰めてはいないが、今もしばしば疑念の思いが湧き起こる。

椅子は、肘掛けも付いておらず座面はクッション性もないシンプルな椅子で、窓枠にピタリと付けて置いてあった、まるで踏み台のように……。起きてはならない事故である。施設長はその後すぐに窓を八センチしか開かない窓に改良したそうだが、当時は介護施設としては欠陥があったことになる（コロナのため、入所時に、私は彼の居室まで入ることは許されなかったたし、自分がそこまでチェックしなければいけないとの認識もなかった）。「カイゴの休日」は今この介護時代の人々とのさまざまな出会い、関わりから引き起こされた事象の記録である。最晩年の夫婦の物語の一端を記すことで、自分自身の落ち着きを得ようと思う。話し下手な私は書くこと、文字に著すこと、でなんとか自分を支えているような気がする。つたない文章にお付き合いいただきありがとうございました。

著者プロフィール

浅井 素子（あさい もとこ）

1944年山口県生まれ。

津田塾大学英文科卒。

専業主婦40年、パート教師16年。

2003年『タコマの休日』自費出版（武田出版）。

2017年『ニホンの休日』自費出版（武田出版）。

英語版「Holiday in Tacoma」にてNOVAレベルアップコンテスト2005年準優勝
趣味：籐工芸、文章教室、声楽を習うこと

長いお別れ「カイゴの休日」 —熟年主婦の介護日記—

2024年10月15日　初版第1刷発行

著　者　浅井 素子
発行者　瓜谷 綱延
発行所　株式会社文芸社
〒160-0022　東京都新宿区新宿1-10-1
電話　03-5369-3060（代表）
03-5369-2299（販売）

印刷所　株式会社フクイン

ISBN978-4-286-25622-1